AF612446

www.ingramcontent.com/pod-product-compliance
Ingram Content Group UK Ltd.
Pitfield, Milton Keynes, MK11 3LW, UK
UKHW041846200726
13854UKWH00005BA/2274

9 788196 480301

بیربل کی جادوگری

(اکبر بیربل کی 11 کہانیاں)

انور مِرزا

افسانہ پبلی کیشن
تھانے۔مہاراشٹر

© Anwar Mirza

Birbal Ki Jadugari (Short Stories)

By : Anwar Mirza

Afsana Publication,

(Thane) Maharashtra, India

1st Edition : August 2023

Printer : Vidarbha Hindi Urdu Press, Kampti - Nagpur

ISBN : 978_81_964803_0_1

ISBN 978-81-964803-0-1

9788196480301

کتاب : بیربل کی جادوگری

(اکبر بیربل کی 11 کہانیاں)

مُصنّف : انور مِرزا

سرورق : Stefan Keller@Pixabay

اشاعتِ اوّل : اگست ۲۰۲۳ء

ناشر : افسانہ پبلی کیشن

میرا روڈ۔ تھانے (مہاراشٹر) 401 107

موبائل : +91 90294 49173

مطبع : وِدربھ ہندی اردو پریس، کامٹی

موبائل : 09021132527

آئی ایس بی این : 978-81-964803-0-1

افسانہ پبلیکیشن

Afsana Publication

Nooh - 54, Room No.903, Opp. Kokan bank, Station Road,

Mira Road - 401 107 - Dist. Thane, Maharashtra, India

فہرست

انتساب

۸ / سے ۸۰ سال کے

اُن بچّوں کے نام

جو اپنے بچپن میں

اکبر بیربل کی کہانیاں

پڑھتے تھے

پھر یہ کہانیاں

اُن کے بچّوں نے پڑھیں

اور اب

اُن بچّوں کے بچّے پڑھتے ہیں

حرفِ اوّل

مغل شہنشاہ اکبر اور اس کے دانشمند وزیر بیر بل سے متعلق کہانیاں نسل در نسل منتقل ہوتی رہی ہیں، اور اپنی لازوال حکمت اور طنز ومزاح سے قارئین کو مسحور کرتی رہی ہیں۔ یُوں تو شہنشاہ اکبر کو فوجی فتوحات، انتظامی اصلاحات اور فنونِ لطیفہ کی سرپرستی کے لیے یاد کیا جاتا ہے۔ لیکن فِکشن کی ادبی سطح پر بیربل کے ساتھ اپنی دلچسپ نونک جھونک کے لیے اکبر سب سے زیادہ مشہور ہے۔ بیربل ایک ہوشیار اور وفادار وزیر تھا جو کہ اکبر کا مشیرِ خاص اور معتمد تھا۔ بیربل اپنی عقل اور دانشمندی سے پیچیدہ مسائل کو بھی آسانی سے حل کرنے کی صلاحیت کے لئے مشہور تھا اور اپنی دلچسپ باتوں کے ذریعے، اکبر کو انصاف، اخلاقیات اور انسانی فطرت سے متعلق بیش قیمت درس دینے میں ماہر تھا۔

بچّوں کے لئے اس مجموعے کی کہانیوں کے مرکزی خیال مختلف ذرائع سے اخذ کئے گئے ہیں، جن میں قدیم لوک کہانیاں، تاریخی واقعات اور پاپولر فِکشن شامل ہیں۔ اکبر بیربل کے قصّے جانے پہچانے ہونے کے باوجود، بچّے ہوں یا بڑے، یہ تمام کہانیاں، قارئین کو بالکل نئی محسوس ہوں گی۔ کیونکہ سبھی کہانیاں ایک نئے انداز اور نئے پس منظر میں مکالموں کی شکل میں بیان کی گئی ہیں نیز اخلاقی درس کے ساتھ ساتھ بچّوں کے مزاج کے مطابق پسند اور دلچسپی کا خاص خیال رکھا گیا ہے۔

انور مِرزا
یکم راگست ۲۰۲۳ء

پہلی کہانی

بیربل کی جادوگری

پہلا منظر

شہنشاہ اکبر کا محل...

سر پر تاج پہنے شہنشاہ اکبر شاہی دربار کی طرف آتا ہے۔

ایک خادم اعلان کرتا ہے۔

خادم : ''باادب، باملاحظہ، ہوشیار.. بادشاہوں کے بادشاہ... عالم پناہ... ظلِّ الٰہی... شہنشاہ اکبر... تشریف لا رہے ہیں...!''

شہنشاہ اکبر جاہ وجلال کے ساتھ شاہی تخت پر بیٹھتا ہے۔

سامنے تمام درباری اور نورتن دائیں بائیں باادب کھڑے ہیں۔

بیربل، اکبر کے سامنے آ کر ذرا سا جھک کر تین بار سلام کرتا ہے۔

بیربل : ''حضور... بادشاہ سلامت ...جیسا کہ آپ کا حکم تھا... ہیروں کا سوداگر 'ہیرالال' آپ سے ملاقات کی غرض سے آیا ہے...''

اکبر : ''ہیروں کے سوداگر کو ہمارے روبرو پیش کیا جائے...''

بیربل اشارہ کرتا ہے۔

ہیرالال قریب آتا ہے اور اکبر کو سلام کرتا ہے۔

ہیرالال : ''ہیروں کا سوداگر، ہیرالال حاضر ہے حضور...''

اکبر : ''ہیرا لال...ما بدولت نے سُنا ہے کہ تم ہیرے تراشنے کے فن میں ماہر ہو...ہم تم سے کچھ ایسے انمول جواہرات خریدنا چاہتے ہیں...جنہیں ہم اپنے نورتنوں کو بطور تحفہ دے سکیں...تمہیں جلد سے جلد ۹ ر بہترین ہیرے پیش کرنے کا حکم دیا جاتا ہے...''

بیر بل مسکراتا ہے...دیگر رتن بھی خوشی کا اظہار کرتے ہیں...

دربار میں موجود کچھ وزیروں کو یہ بات ناگوار گزرتی ہے، مگر وہ مُنہ بِگاڑ کر خاموش رہتے ہیں۔

ہیرالال، اکبر کو سلام کرتا ہے۔

ہیرالال : ''شکریہ بادشاہ سلامت...حکم کی تعمیل ہوگی...''

بیربل : ''ظلِّ الٰہی کا اقبال بُلند ہو...اِس عزّت فزائی کیلیئے شاہی دربار کا یہ رتن بیربل آپ کا شکریہ ادا کرتا ہے...''

دوسرا منظر

ہیرالال بڑی خوشی سے ۸ ر ہیرے گِن کر ایک سُرخ کپڑے پر رکھتا ہے۔ کمرے میں ہیرے تراشنے والے تین کاریگر بھی موجود ہیں۔ اپنے شوہر کی کامیابی پر خوش، ہیرالال کی بیوی کمرے کے ایک کونے میں کھڑی یہ سب دیکھ رہی ہے۔ ہیرالال کے پاس ہی ایک مہمان سُنار کھڑا ہے۔

ہیرالال : ''یہ ہو گئے ۸ ر ہیرے...''

سُنار : ''اور یہ ایک رتن...میرا...!''

ہیرالال : ''تو پورے ہو گئے نورتن...''

سُنار : ''شہنشاہ کے نورتنوں کے لیے ۹ ر رتن...!''

ہیرالال : ''سُنار بھائی...! شہنشاہ اکبر سے اِن جواہرات کی قیمت مِلتے ہی سب سے

پہلے مَیں تمہارے قیمتی ہیرے کا مول چکا دوں گا...''

سُنار : ''مجھے تم پر بھروسہ ہے ہیرالال...''

ہیرالال سرخ کپڑے میں ۹/جواہرات باندھ لیتا ہے۔

تیسرا منظر

شہنشاہ اکبر شاہی تخت پر جلوہ افروز ہے۔

ایک سنہری تھالی دونوں ہاتھوں میں اُٹھائے ہیرالال سامنے آتا ہے۔

تھالی پر سُرخ رنگ کا کپڑا پڑا ہوا ہے جس کے نیچے ہیرے ہیں۔

ہیرالال : ''بادشاہ حضور کے نورتنوں کے لیے ۹/انمول رتن حاضر ہیں...''

بیربل آگے بڑھ کر ہیرالال سے سنہری تھالی لیتا ہے۔ سُرخ کپڑا ہٹاتا ہے۔ جگمگاتے ہیرے نظر آتے ہیں۔ بیربل ادب سے تھالی اکبر کو دیتا ہے۔ اکبر خوشی سے ہیرے دیکھتا ہے... مگر چونک جاتا ہے...

تھالی میں صرف ۸/ہیرے ہیں۔

اکبر : (غصّے سے) ''یہ کیا مذاق ہے ہیرالال...؟ یہ تو صرف ۸/رتن ہیں...! ایک رتن کم کیوں ہے...؟''

یہ سُنتے ہی ہیرالال گھبرا جاتا۔

ہیرلال : ''آٹھ رتن...؟ یہ کیسے ہوسکتا ہے حضور...؟ مَیں تو ۹ ہیرے لایا تھا...!

اکبر : (غصے سے) ''تو کیا ما بدولت جھوٹ بول رہے ہیں...؟ تم خود ہی دیکھو... اچھی طرح سے دیکھو...!''

بیربل آگے بڑھ کر اکبر سے تھالی لے لیتا ہے۔

بیربل بھی دیکھتا ہے کہ ہیرے صرف آٹھ ہی ہیں۔ تھالی ہیرالال کو دیتے ہوئے بیربل کہتا ہے۔

بیربل : ''واقعی... ہیرے تو صرف آٹھ ہی ہیں...
کیا تم سے کوئی غلطی ہو گئی ہیرالال؟''
ہیرالال گھبرا کر تھالی پکڑتا ہے...

ہیرالال : ''پتا نہیں... ایک ہیرا کیسے کم ہو گیا...؟ کل رات تو پورے ۹ر تھے... میَں نے خود گِن کر تھیلی اچھی طرح سے بند کر دی تھی۔''

بیربل : ''کل رات میں...؟ (سوچتے ہوئے) ہُوں... رات میں...! اِس کا مطلب راتوں رات ایک ہیرا چوری ہو گیا...! اور صبح، تم دیکھے بغیر ہی ہیروں کی تھیلی اُٹھا کر سیدھے یہاں آ گئے...''

ہیرالال : ''جی مہامنتری بیربل! بھلا میَں سوچ بھی کیسے سکتا تھا کہ میرے ہی گھر سے کوئی میرا انمول رتن چُرا لے گا...؟''
بیربل، اکبر سے مخاطب ہوتا ہے۔

بیربل : ''قصور ہیرالال کا نہیں ہے بادشاہ سلامت... یہ بیچارا تو خود ہی کسی کی دھوکہ دہی کا شکار ہوا ہے۔''

اکبر : ''تو پھر سچائی کا پتہ لگاؤ... وزیرِ انصاف بیربل...! چور کو اس کے جرم کی سزا دینا... اور ہیرالال کو انصاف دِلانا اب تمہاری ذمہ داری ہے۔''

بیربل : ''جو حکم جہاں پناہ... مجھے کچھ مہلت دیجئے... میَں ہیرا اور ہیرے کے چور دونوں کو ضرور ڈھونڈ نکالوں گا...''

چوتھا منظر

ہیرالال بہت پریشان ہے۔
وہ روتے ہوئے بیربل سے کہتا ہے۔

ہیرالال : ''مجھے بچا لیجئے بیربل جی... میں نے کوئی جرم نہیں کیا...''

بیربل : ''تمہارا جرم، تمہاری غفلت ہے ہیرالال...''

ہیرالال : ''مَیں مانتا ہوں...لیکن آپ تو عقلمندی اور حاضر دماغی کے لیے مشہور ہیں کوئی حل نکالیئے...وہ انمول ہیرا نہیں ملا تو مَیں برباد ہو جاؤں گا... ایک ہیرا کسی سے قرض لیا تھا...''

بیربل : ''صبر کرو ہیرالال... یہ بتاؤ کل رات تمہارے گھر میں کون کون تھا؟''

ہیرالال : ''گھر میں...؟ (سوچتے ہوئے) مَیں...میری بیوی...ہیرے تراشنے والے تین کاریگر...اور ایک مہمان...''

بیربل چونک جاتا ہے...

بیربل : ''مہمان... یہ مہمان کون ہے؟''

ہیرالال : ''ہے نہیں...تھا...وہ تو آج صبح چلا بھی گیا...''

ہیرالال کچھ سوچ کر گھبرا جاتا ہے...

ہیرالال : ''کہیں وہ مہمان ہی تو چور نہیں ہے؟''

بیربل : ''کیا تم اُس مہمان کو جانتے ہو؟''

ہیرالال : ''نہیں... صرف اتنا جانتا ہوں کہ وہ ایک سُنار ہے...کہیں دُور سے آیا تھا...اور ایک ہیرا مَیں نے اُسی سے قرض کے طور پر خریدا تھا...کل رات دیر ہوگئی تو وہ میرے ہی گھر ٹھہر گیا تھا...''

بیربل : ''یعنی وہ مہمان سُنار جانتا تھا...کہ تمہارے پاس آٹھ ہیرے اور بھی ہیں...!''

ہیرالال : ''ہاں... یہ بات تو میری بیوی... اور ہیرے تراشنے والے کاریگر بھی جانتے ہیں!''

بیربل : ''معاملہ سنگین ہے ہیرالال... ہر کوئی فوراً سُنار پر ہی شک کرے گا...اِس لیے سُنار تو چور نہیں ہو سکتا...''

ہیرالال : ''تو پھر...؟''

بیربل : ''پھر...!''

بیربل سوچتے ہوئے کہتا ہے...

بیربل : ''اب مجھے بھی تمہارے گھر مہمان بن کر آنا پڑے گا...!''

بیربل ہیرالال کے کان میں کچھ کانا پھوسی کرتا ہے۔

پانچواں منظر

بیربل، ہیرالال کے گھر آتا ہے۔

ہیرالال کی بیوی 'پنّا'، بیربل کو دیکھ کر پہلے تو حیران، پھر خوش ہوتی ہے، ہاتھ جوڑ کر پرنام کرتی ہے۔

پنّا : ''دھنیہ بھاگ ہمارے... کہ بیربل جی غریب کی کُٹیا میں پدھارے!''

بیربل مسکرا کر ہاتھ جوڑتا ہے۔

پنّا : ''بیٹھیے حضور! ہم غریب کیا خدمت کریں آپ کی؟''

بیربل : ''شکریہ بہن... ہم یہاں بیٹھنے نہیں... شہنشاہ اکبر کے دربار میں آنے کی دعوت دینے آئے ہیں...''

پنّا : ''واقعی...؟ شاہی دربار سے بُلاوا...!''

بیربل : ''ہاں... اور آپ دونوں کے ساتھ ساتھ اُن ہیرے تراشنے والوں کو بھی دربار میں آنے کی کھُلی دعوت ہے جو کہ اپنے فن میں ماہر ہیں... لیکن وہ فنکار ہیں کہاں؟ کہیں نظر نہیں آ رہے...؟''

اُسی وقت ایک کاریگر کی آواز سنائی دیتی ہے۔

پہلا کاریگر : ''ہم یہاں ہیں حضور...!''

تین نوجوان آدمی ہاتھ جوڑے وہاں آتے ہیں۔

ہیرالال : ''بیربل جی... یہی ہیں وہ تینوں فنکار... جو ہیروں کو تراش کر خوبصورت اور دلکش بناتے ہیں۔''

تینوں دوبارہ ہاتھ جوڑ کر سلام کرتے ہیں۔

دوسرا کاریگر: ''بیربل جی... نمستے...''

بیربل : ''آپ کے تراشے ہوئے ہیروں کی خوبصورتی سے شہنشاہ اکبر بہت خوش ہیں... آپ تینوں کو دعوت دی جاتی ہے... کل دربار میں تشریف لائیں... اور یہ ہے وہ شاہی شناخت نامہ... جسے دیکھ کر کوئی سنتری، کوئی منتری آپ کو دربار میں جانے سے نہیں روکے گا...''

بیربل کے ہاتھ میں لکڑی کی پانچ خوبصورت چھڑیاں ہیں۔ وہ سب کو ایک ایک چھڑی دے کر چلا جاتا ہے۔

چھٹا منظر

ہیرالال اور اس کی بیوی پنّا پُراسرار انداز میں بات کر رہے ہیں۔

پنّا : ''یہ آپ کیا کہہ رہے ہیں...! شاہی شناخت نامہ کے نام پر بیربل نے جو چیز ہمیں دی ہے... وہ جادو کی چھڑی ہے...!''

تینوں کاریگر چھپ کر اُن کی باتیں سن رہے ہیں۔

'جادو کی چھڑی' کا ذِکر سُن کر تینوں چونکتے ہیں۔

ہیرالال : ''ہاں... ہاں... بالکل... یہ جادو کی چھڑی ہے... بیربل نے خود مجھے یہ راز بتایا ہے...''

پنّا : ''ایسا کیا راز ہے اِس جادو کی چھڑی میں...؟''

ہیرالال : ''دراصل یہ کوئی شناخت نامہ نہیں ہے... ہمارا قیمتی ہیرا چُرانے والے چور

کو پکڑنے کا ایک آلہ ہے...!''

تینوں کاریگر چونک کر ایک دوسرے کو دیکھتے ہیں۔

پنّا : ''اچھا...!لیکن یہ جادو کی چھڑی چور کو کیسے پکڑے گی بھلا؟''

ہیرالال : ''جو بھی اصل چور ہے اس کی چھڑی راتوں رات چار اُنگل بڑی ہو جائے گی...اور چور پکڑا جائے گا...''

ہیرالال کی بیوی حیرت سے پوچھتی ہے...

پنّا : ''چور کی چھڑی راتوں رات چار اُنگل بڑی ہو جائے گی...! یہ تو واقعی جادو ہے...!!''

تینوں کاریگر بات سمجھ کر کر سر ہلاتے ہیں۔

ساتواں منظر

ہیرالال، اس کی بیوی پنّا اور تینوں کاریگر دربار میں آتے ہیں۔

اکبر دربار میں شاہی تخت پر بیٹھا ہے۔

بیربل : ''جہاں پناہ کی خصوصی دعوت پر... ہیرا لال اپنی بیوی اور تینوں کاریگروں کے ساتھ حاضر ہیں...اجازت ہو تو دربار کی کارروائی شروع کی جائے...!''

اکبر : ''اجازت ہے...''

بیربل اشارہ کرتا ہے۔

ہیرالال، اس کی بیوی اور تینوں کاریگر آگے آتے ہیں۔

بیربل : ''اب آپ سب... وہ جادوئی چھڑی مجھے واپس کر دیں...جو مَیں نے آپ پانچوں کو شاہی شناخت نامہ کے طور پر دی تھی۔''

دربار میں موجود لوگوں میں کانا پھوسی ہونے لگتی ہے۔کچھ درباری ہنستے ہیں۔

ایک درباری بیربل کا مذاق اڑاتا ہے۔

درباری : ''تو اب بیربل نے جادوگری بھی شروع کر دی...!''

سب دھیرے سے ہنستے ہیں۔

بیربل : ''یہ کوئی جادوگری نہیں ہے، بادشاہ سلامت...! آپ کے اِس خادم بیربل کی معمولی سی چالاکی اور حاضر دماغی ہے...جو ایک انمول ہیرے کے اصل چور کو ابھی سب کے سامنے لے آئے گی...شرط صرف یہ ہے کہ وہ چور میری اُمید کے مطابق بیوقوف ہو!''

بیربل ہیرالال، اُس کی بیوی اور کاریگروں سے پانچوں چھڑیاں لے لیتا ہے۔ پھر وہ پانچوں چھڑیوں کو ایک ساتھ ناپتا ہے۔ ایک چھڑی چار اُنگل چھوٹی نکلتی ہے۔ بیربل مسکراتے ہوئے چھوٹی چھڑی کو الگ کرتا ہے اور تین کاریگروں میں سے ایک کی طرف اشارہ کرتا ہے۔

بیربل : ''جہاں پناہ...! یہی ہے وہ چور...جس نے ہیرالال کو دھوکہ دیا...اور آپ کا انمول رتن چُرانے کی جرأت کی...''

چور کاریگر گھبرا جاتا ہے...

پھر اکبر کے سامنے فرش پر بیٹھ کر وہ چور رونے لگتا ہے۔

چور آدمی : ''مجھے معاف کر دیجئے مہاراج...! سچ مُچ مَیں ہی وہ چور ہوں۔ مَیں لالچ میں اندھا ہو گیا تھا...''

اکبر : (غصّے سے) ''تمھیں اِس لالچ اور چوری کی سزا ملے گی...لے جاؤ اِس گناہگار کو...!''

سپاہی اُس چور کو پکڑ کر لے جاتے ہیں...

اکبر، بیربل سے پوچھتا ہے...

اکبر : ''بیربل...آخر تم نے اصلی چور کو اتنی آسانی سے کیسے پکڑ لیا...؟''

بیربل : ”جہاں پناہ! مَیں نے اپنا منصوبہ ہیرا لال کو سمجھا دیا تھا... بیوقوف چور نے سچ مچ اِس چھڑی کو جادو کی چھڑی سمجھ لیا... اور راتوں رات اپنی چھڑی کو چار اُنگل کاٹ کر چھوٹا کر دیا... یہ فرض کر کے... کہ صبح ہوتے ہی یہ چھڑی جادو سے چار اُنگل بڑی ہو جائے گی!“

یہ سُن کر سب درباری ہنسنے لگتے ہیں۔

اکبر : ”شاباش بیربل...! بیشک تم ہمارے دربار کے انمول رتن ہو... یہ پہلا ہیرا ہم تمہیں پیش کرتے ہیں...“

بیربل باادب آگے بڑھ کر وہ ہیرا قبول کرتا ہے۔

بیربل : ”شکریہ ظلِّ الٰہی...!“

سبھی درباری شہنشاہ اکبر کی فراخدلی، رعایا پروری...
اور بیربل کی ذہانت کے حق میں خوشی سے نعرے لگاتے ہیں۔

دوسری کہانی

انوکھا طوطا

پہلا منظر

اکبر بادشاہ شاہی تخت پر براجمان ہے۔

بیربل شاہی آداب کے مطابق اکبر کو سلام کر کے کہتا ہے۔

بیربل : ''ظلِّ الٰہی کا اقبال بُلند ہو...جے پورنگر سے راجہ مان سنگھ کا خصوصی سفیر...آپ کے لیے ایک خاص پیغام لایا ہے...''

اکبر : ''راجہ مان سنگھ ہمارے نورتنوں میں سے ایک ہیں...اُن کے سفیر کو عزّت و احترام کے ساتھ، اِسی وقت مابدولت کے سامنے پیش کیا جائے''

بیربل اپنے سینے پر ایک ہاتھ رکھ کر ذرا سا جھکتا ہے۔ دوسرے ہاتھ سے سفیر کو شاہی تخت کی طرف آنے کا اشارہ کرتا ہے۔

دربار میں موجود خصوصی سفیر بڑے فخر سے آگے بڑھتا ہے۔

سفیر کے کندھے پر ایک بڑا سا، خوبصورت، رنگ بِرنگا طوطا بیٹھا ہے۔

دربار میں موجود لوگ اس انوکھے اور غیر معمولی طوطے کو حیرت اور دلچسپی سے دیکھتے ہیں...خصوصی سفیر اکبر اور بیربل کے سامنے پہنچ کر رُکتا ہے۔

بیربل : ''خصوصی سفیر کا استقبال ہے...''

سفیر : ''شہنشاہ سلامت رہیں...حضور کی خدمت میں...جے پور کے راجہ مان سنگھ اور ان کے خصوصی سفیر کا سلام...''

اکبر : ''مان سنگھ نے کیا خاص پیغام بھیجا ہے...؟''

سفیر : ''خیریت کے پیغام کے ساتھ... جے پور سے ایک خاص تحفہ لایا ہوں حضور...راجہ مان سنگھ نے آپ کے لیے یہ انوکھا طوطا بھیجا ہے۔''

اکبر : ''مان سنگھ نے تحفے کے طور پر ایک طوطا بھیجا ہے...تو اس میں ضرور کچھ خاص بات ہوگی...کوئی خاص خوبی ہوگی...''

سفیر : ''یقیناً مہاراج...اس طوطے کی خاص بات یہ ہے کہ یہ بہت ذہین ہے۔اور بالکل انسانوں کی طرح بات کرتا ہے...!''

اکبر، بیربل اور درباریوں کی دلچسپی طوطے میں بڑھ جاتی ہے...خصوصی سفیر اپنا سیدھا ہاتھ اونچا کرتا ہے...طوطا اُس کے کندھے سے اُڑکر ہاتھ پر بیٹھ جاتا ہے... خصوصی سفیر،طوطے سے کہتا ہے

سفیر : ''بولو...سلام...بادشاہ سلامت رہیں...''

طوطا : ''سلام...بادشاہ سلامت رہیں...''

طوطے کو انسانوں کی طرح بولتے دیکھ کر تمام درباری حیران رہ جاتے ہیں۔

اکبر ہنستا ہے...سفیر پھر طوطے کو سِکھاتا ہے۔

سفیر : ''شہنشاہ اکبر کی خدمت میں...راجہ مان سنگھ کا سلام...''

طوطا : ''شہنشاہ اکبر کی خدمت میں...راجہ مان سنگھ کا سلام...''

حیرت کے ساتھ ساتھ خوشی کا اظہار کرتے ہوئے اکبر زور سے ہنستا ہے...

اکبر : ''بہت خوب... بہت خوب...بولنے والے طوطے تو مابدولت نے بہت دیکھے ہیں...لیکن اس طوطے کا انداز ہی نِرالا ہے...مان سنگھ کا یہ تحفہ ہمیں پسند آیا...''

خصوصی سفیر خوش ہوکر سلام کرتا ہے۔

سفیر : ''شکریہ بادشاہ سلامت...تحفہ قبول فرمائیں...''

طوطا : ''شکریہ بادشاہ سلامت... تحفہ قبول فرمائیں...''

اکبر پھر زور سے ہنستا ہے...

دوسرا منظر

طوطا باغ جیسے ایک خاص کمرے میں درخت کی شاخ نما لکڑی کے اسٹینڈ پر بیٹھا ہے۔ بھولُو نام کا خادم سیب کاٹ کاٹ کر طوطے کو دے رہا ہے۔

طوطے سے کچھ فاصلے پر موجود اکبر، بیربل سے کہتا ہے۔

اکبر : ''وزیرِ انصاف بیربل... اس نایاب طوطے کا خاص خیال رکھا جائے... اسے کسی قسم کی تکلیف نہ ہو...

بیربل : ''جی حضور...! مَیں نے آپ کے اس پیارے طوطے کی دیکھ بھال کیلئے ایک خاص خادم مقرر کر دیا ہے...''

بیربل، طوطے کے پاس کھڑے بھولُو کی طرف اشارہ کر کے کہتا ہے...

بیربل : ''طوطے کی ساری ذِمہّ داری اب اس خادم بھولُو کی ہے۔''

بھولُو سر جھُکا کر اکبر کو سلام کرتا ہے۔

اکبر : ''بہت خوب...! لیکن خیال رکھنا بیربل... ہم اس طوطے کے بارے میں کوئی بُری خبر نہیں سننا چاہتے...''

بیربل سر خم کرتا ہے۔ اکبر، بھولُو سے مخاطب ہوتا ہے...

اکبر : ''اور تم بھی کان کھول کر سُن لو۔ اگر کسی دن تم نے ہمیں کوئی ایسی خبر دی کہ طوطا شاہی باغ سے اُڑ گیا ہے یا بیمار پڑ گیا ہے... تو ایسی منحوس خبر کی صرف ایک ہی سزا ہوگی... سزائے موت...!''

بھولُو سر جھُکا کر کہتا ہے۔

بھولُو : ''جی... بادشاہ سلامت... مَیں جی جان سے خدمت کروں گا اِس طوطے

کی...شکایت کا موقع نہیں دوں گا..."

بھولُو ایک تھالی اُٹھا کر اکبر کے پاس آتا ہے۔

تھالی میں کچھ پھل، سبزیاں اور لال، ہری مرچیں رکھی ہوئی ہیں۔

اکبر ایک لال مرچ اُٹھا کر طوطے کو دیتا ہے...

طوطا لال مرچ کھانے لگتا ہے...

بھولُو دھیرے سے طوطے کو سکھاتا ہے

بھولُو : "شکریہ... جہاں پناہ...!"

طوطا : "شکریہ... جہاں پناہ...!"

اکبر ہنس کر کہتا ہے...

اکبر : "مابدولت خوش ہوئے..."

طوطا بھی دوہراتا ہے

طوطا : "مابدولت خوش ہوئے..."

اکبر ہنس پڑتا ہے...

تیسرا منظر

طوطا باغ جیسے خاص کمرے میں درخت کی شاخ نما لکڑی کے اسٹینڈ پر بیٹھا ہے۔ یہ کمرہ ایک طرف سے بالکل کھُلا ہوا دکھائی دیتا ہے۔ لیکن وہاں باریک تاروں کی جالی لگی ہوئی ہے... جو دُور سے یا بظاہر، نظر نہیں آتی۔ کمرے کے اندر سے باغ کا باہری حصّہ صاف نظر آتا ہے۔ باہر مختلف قسم کے پرندے اور طوطے آزادانہ اُڑتے نظر آتے ہیں۔ کمرے میں بند طوطا یہ سب دیکھ کر اُداس ہو جاتا ہے۔ طوطا بھی اُڑ کر باہر جانا چاہتا ہے... لیکن اِس کوشش میں وہ کمرے میں لگی جالی سے ٹکرا کر گر جاتا ہے...

اب طوطا خوب چیختا چلّاتا ہے...

بھولُو دوڑا دوڑا آتا ہے...طوطے کو اٹھا کر بھولُو اسٹینڈ پر بٹھا تا ہے اور کھانے کیلئے طوطے کو مختلف پھل دیتا ہے...طوطا اپنی چونچ سے پھل پکڑتا ہے...لیکن کھاتا نہیں...پھینک دیتا ہے۔بھولُو حیران پریشان ہوتا ہے...

بھولُو : ''اِسے کیا ہو گیا...؟اچھّا خاصا طوطا تھا...اب نہ مُنہ سے بولتا ہے...نہ سر سے کھیلتا ہے...؟''

صبح سے شام ہو جاتی ہے۔طوطے کو کھانے کیلئے بھولُو جب بھی کچھ دیتا...تو طوطا اس چیز کو اپنی چونچ سے پکڑ کر پھینک دیتا ہے...کھاتا بالکل نہیں...

چیختا چِلّاتا طوطا ایک بار پھر اُڑ کر باہر جانا چاہتا ہے...لیکن وہ پھر جالی سے ٹکرا کر گر جاتا ہے...اور اِس بار ایسا گِرتا ہے کہ پھر نہیں اُٹھتا...

آزادی کی جدوجہد میں طوطا اپنی جان قربان کر دیتا ہے...

یہ دیکھ کر بھولُو کے ہاتھوں کے طوطے بھی اُڑ جاتے ہیں...

شہنشاہ اکبر کا جلال یاد آتے ہی بھولُو رونے لگتا ہے...

چوتھا منظر

بیربل تیزی سے باغ جیسے کمرے میں آتا ہے۔طوطا مُردہ پڑا ہے، اس کی ٹانگیں اوپر اٹھی ہوئی ہیں...

بھولُو پھوٹ پھوٹ کر رو رہا ہے۔

بھولُو : ''یا اللہ...یہ کیا آفت آ گئی! بادشاہ سلامت کا طوطا اللہ کو پیارا ہو گیا...اب یہ منحوس خبر میَں اُنہیں کیسے سُناؤں؟ اگر بتاتا ہوں تو اپنی جان سے جاؤں گا...''

اِس دوران بیربل مرے ہوئے طوطے کو دیکھ کر بھولُو کے قریب آتا ہے...

بیربل : ''چُپ ہو جاؤ بھولُو...رونا بند کرو...''

بھولُو روتے روتے بیربل سے کہتا ہے...

بھولُو : ''بیربل جی... مجھے اس مصیبت سے بچا لیجئے... طوطا تو اپنی جان سے ہاتھ دھو بیٹھا... اب میری باری ہے...''

بیربل : ''حوصلہ رکھو بھولُو... ڈرو نہیں... مجھے کوئی تدبیر سوچنے دو...''

بیربل مُردہ طوطے کو دیکھتے ہوئے کچھ سوچنے لگتا ہے... پھر اچانک خوش ہو کر چُٹکی بجاتا ہے...

بیربل : ''چلو آؤ بھولُو... ہمیں بادشاہ سلامت کو کوئی منحوس خبر نہیں... بلکہ ایک اچھی خبر سُنانا ہے۔ ہمارے پاس بادشاہ سلامت کے لیے کوئی بُری خبر نہیں ہے۔''

بھولُو رونا بھُول کر حیرت سے پوچھتا ہے۔

بھولُو : ''اچھی خبر...؟''

بیربل : ''ہاں... ہاں... اچھی خبر... اس طوطے کے بارے میں... تم بس بادشاہ سلامت کے سامنے اپنی زبان بند رکھنا... تمہیں ایک لفظ بھی نہیں بولنا ہے... سمجھ گئے...؟''

بھولُو کچھ سمجھ نہیں پاتا پھر بھی کہتا ہے۔

بھولُو : ''ہاں... سمجھ گیا...!''

پانچواں منظر

اکبر دربار میں تختِ شاہی پر جلوہ افروز ہے... بھولُو سر جھکائے، منہ لٹکائے دربار میں آتا ہے۔ بھولُو کو پریشاں حال دیکھ کر اکبر چونک جاتا ہے۔

اکبر : ''کیا بات ہے بھولُو...؟ ہمارا پیارا طوطا ٹھیک تو ہے نا...؟ یا... تم کوئی بُری خبر لائے ہو...؟''

اُسی وقت بیربل ہنستا مسکراتا دربار میں آتا ہے۔

بیربل : ''بُری خبر نہیں بادشاہ سلامت...ایک اچھی خبر ہے...!''

اکبر : ''اچھی خبر...؟ لیکن اس خادم کا چہرہ تو کچھ اور ہی کہہ رہا ہے۔''

بیربل : ''اِس کی تو شکل ہی ایسی ہے حضور...! آج اِس کا جنم دن ہے...!''

تمام درباری ہنس پڑتے ہیں۔

بیربل : ''اچھی خبر یہ ہے کہ آپ کے پیارے طوطے نے یوگا کی مشق شروع کر دی ہے۔''

اکبر : (خوش ہو کر) ''اچھا...!''

بیربل : ''جی حضور...آج صبح سے طوطا، یوگا کا 'شوَ آسن' کر رہا ہے...''

اکبر : (حیرت سے) ''شوَ آسن...؟''

بیربل : ''جی ہاں بادشاہ سلامت...'شوَ آسن'...یوگا کا ایک مشہور آسن ہے...جس میں یوگا کرنے والا سانس روک لیتا ہے...بھولُو آپ کو یہی بتانے آیا تھا...آپ خود ہی چل کر دیکھ لیں...''

اکبر : ''ضرور بیربل...مابدولت ضرور دیکھنا چاہیں گے...!''

چھٹا منظر

اکبر اور بیربل کے ساتھ بھولُو طوطے کے کمرے میں آتا ہے۔طوطا اپنی جگہ پر مُردہ پڑا ہے...سب طوطے کے قریب جاتے ہیں۔طوطے کی ٹانگیں اوپر اُٹھی ہوئی ہیں...آنکھیں آسمان کی طرف ہیں...

اکبر کچھ دیر تک بہت خوشی سے طوطے کو دیکھتا رہتا ہے...

پھر اکبر کو کچھ شک ہوتا ہے...اکبر طوطے کو چھُو کر دیکھتا ہے...

اُسے اِدھر اُدھر ہلاتا ہے...طوطا ایک طرف لڑھک جاتا ہے...

اکبر : ''بیربل...یہ طوطا تو مر چکا ہے...!''

بیربل : ''جی ہاں بادشاہ سلامت...اگر آپ کہہ رہے ہیں تو ایسا ہی ہوگا...''

اکبر : ''لیکن تم نے تو کہا تھا کہ طوطا یوگا کا 'شوَ آسن' کر رہا ہے...؟''

بیربل : ''اور میَں نے جھوٹ نہیں کہا تھا ظلِ الٰہی...طوطا تو بلا شبہ 'شوَ آسن میں ہے...''

اکبر طوطے کو دیکھتے ہوئے کچھ سوچتا ہے...اور غمزدہ بھولُو کو دیکھتا ہے...

پھر بیربل کی چالاکی کو سمجھ کر زور سے ہنستا ہے...

اکبر : ''ہم تمہاری چالاکی سمجھ گئے بیربل! تم نے بھولُو کی جان بچانے کے لیے ہم سے جھوٹ بولا...''

بیربل : ''معافی چاہتا ہوں بادشاہ سلامت ...یہ تو آپ بھی جانتے ہیں کہ جو جھوٹ کسی کی جان بچالے...وہ جھوٹ...جھوٹ نہیں...سب سے بڑا سچ ہوتا ہے...!''

اکبر : ''بے شک بیربل...ہمیں افسوس ہے کہ ہم نے جذبات میں آ کر ایک سخت حکم دے دیا تھا۔''

اکبر اپنے گلے سے موتیوں کی مالا نکال کر بیربل کو دیتا ہے...بیربل وہ مالا بھولُو کو دے دیتا ہے...

بیربل : ''اِس انعام کا مستحق تو یہ خادم ہے...یہ سچّے دِل سے طوطے کی خدمت کر رہا تھا...''

بھولُو دانت نکال کر ہنستے ہوئے اکبر کو سلام کرتا ہے...

اکبر بھی ہنس پڑتا ہے۔

تیسری کہانی

بچّے کی ضدّ

پہلا منظر

دربار میں شہنشاہ اکبر بادشاہ شاہی تخت پر جلوہ افروز ہے۔

دائیں بائیں صفوں میں اُمرء اور اوزراء بیٹھے ہیں۔

ایک وزیر 'مُلاّ دوپیازہ' آگے آکر سلام کرتا ہے۔

مُلاّ : ''بادشاہ حضور سلامت رہیں...''

اکبر : ''کہو، مُلاّ دوپیازہ... کیا کہنا چاہتے ہو...؟''

ریشمی کپڑے پر لکھا ہوا پیغام کھول کر مُلاّ کہتا ہے۔

مُلاّ : ''حضور... مغلیہ سلطنت کی عوام نے آپ کے لیے ایک پیغام... ایک تجویز بھیجی ہے...''

اکبر : ''کیسی تجویز...؟''

مُلاّ : ''لوگوں کا کہنا ہے کہ بچّے ملک کا مستقبل ہوتے ہیں... اس لئے سال کا ایک خاص دن بچّوں کے نام کرکے... یومِ اطفال ایک جشن کی طرح منایا جانا چاہیئے...''

اکبر : ''ہُوں... (سوچتے ہوئے) خیال تو اچھّا ہے... مابدولت اِس تجویز پر ضرور غور کریں گے...''

(اِدھر اُدھر دیکھتے ہوئے) ''بیربل کہاں ہے؟''

مُلّا : ’’راجہ بیر بل ابھی تک تشریف نہیں لائے حضور...‘‘

اکبر : ’’ایسا کبھی ہوتا نہیں... بیر بل کے بغیر دربار کی کارروائی کیسے شروع ہوگی...؟ معلوم کرو بیر بل کہاں ہے...اُسے فوراً بلایا جائے...‘‘

مُلّا : ’’جو حکم جہاں پناہ...!‘‘

دوسرا منظر

بیر بل اپنے گھر میں حیران، پریشان ہے...

بیر بل کے ایک ہاتھ میں آم اور ایک ہاتھ میں تربوز ہے۔

گھر کے اندر سے کسی بچّے کے چیخ چیخ کر رونے کی آواز آرہی ہے۔

ایک قاصد وہاں آکر کہتا ہے۔

قاصد : ’’راجہ بیر بل... بادشاہ سلامت نے آپ کو فوراً دربار میں حاضر ہونے کا حکم دیا ہے...‘‘

بیر بل پریشانی کے عالم میں جواب دیتا ہے۔

بیر بل : ’’ہاں ہاں...تم جاؤ...مَیں بس کچھ ہی دیر میں پہنچتا ہوں...‘‘

تیسرا منظر

شہنشاہ اکبر شاہی مسند کے سامنے بے چینی سے ٹہل رہا ہے۔

تمام درباری اور نو رتنوں میں سے کچھ رتن پریشانی سے اکبر کو اس طرح دیکھ رہے ہیں کہ اکبر جدھر جاتا ہے، سب اُسی طرف چہرہ گھُماتے ہیں۔

بیر بل کو پیغام دینے والا قاصد واپس آتا ہے۔

قاصد کو تنہا آتے دیکھ کر اکبر کہتا ہے۔

اکبر : ''بیربل تمہارے ساتھ نہیں آئے...؟''

قاصد : ''نہیں حضور... انہوں نے کہا کہ وہ کچھ ہی دیر میں پہنچ جائیں گے...''

اکبر جھنجھلا کر پھر بے چینی سے ٹہلنے لگتا ہے۔

کچھ دیر بعد بیربل تیزی سے چلتا ہوا دربار میں آتا ہے۔

بیربل : ''شہنشاہ کا اقبال بُلند ہو...''

اکبر پلٹ کر بیربل کو غصے سے دیکھتا ہے۔

بیربل، اکبر کے سامنے آکر، احترام سے سلام کرتا ہے۔

بیربل : ''معاف کیجئے گا بادشاہ سلامت... ایک ضروری کام میں پھنس گیا تھا، اس لئے حاضری میں تاخیر ہوگئی...''

اکبر : ''ایسا کون سا کام تھا... جو شاہی دربار میں حاضری سے زیادہ اہم تھا؟''

بیربل : ''حضور...! آج میرے بیٹے نے ضد پکڑ لی تھی... کہ وہ بھی میرے ساتھ دربار میں چلے گا... میرے لاکھ سمجھانے پر بھی وہ مان نہیں رہا تھا۔ بس روتا ہی جا رہا تھا۔ اسی لئے میں وقت پر نہیں آسکا۔''

اکبر : ''بچّے کا نام لے کر، کیسی بچّوں جیسی باتیں کر رہے ہو بیربل...! تم جیسے عقل مند، ہوشیار، حاضر جواب اور ذہین انسان کو ایک چھوٹا سا بچّہ بھلا کیسے کسی کام سے روک سکتا ہے...؟''

بیربل : ''بچّے تو بچّے ہی ہوتے ہیں حضور... اُن کی سوچ اور اُن کا مزاج بڑا ہی عجیب ہوتا ہے...''

اکبر : ''ہمارا شہزادہ شیخو تو بچپن میں ایسا نہیں تھا... پھر... ہم نے سُنا ہے کہ تان سین کے شہر گوالیار کے بچّے تو روتے بھی ہیں تو سُر اور تال میں روتے ہیں...! تمہاری دلیل کمزور ہے بیربل... یہ بس ایک جھوٹا بہانہ ہے...''

بیربل : ''اب مَیں آپ کو کیسے سمجھاؤں... جہاں پناہ...! کیسے یقین دِلاؤں کہ مَیں سچ کہہ رہا ہوں... (کچھ سوچ کر) اگر آپ اجازت دیں... تو کچھ دیر کے لئے مَیں خود ہی بچّہ بن جاؤں... اور آپ کے سامنے وہی باتیں دہراؤں... جس میں اُلجھ کر مجھے یہاں آنے میں تاخیر ہوگئی...''

اکبر : ''اِجازت ہے، لیکن یاد رہے بیربل... اگر تم اپنی بات کی وضاحت کرنے میں ناکام رہے... تو سزا کے لئے تیار رہنا...''

بیربل : ''جی... بادشاہ سلامت... بچّوں کی فطرت بڑی عجیب ہوتی ہے، انہیں سمجھنا اور سمجھانا دنیا کا سب سے مشکل کام ہے... ملاحظہ فرمائیں!''

بیربل کبھی بچّے جیسی آواز میں اور کبھی اپنی آواز میں بات کرنے لگتا ہے... بچّے کی طرح حرکتیں کرتے ہوئے، کبھی اکبر کا ہاتھ، کبھی اُس کے کندھے اور کبھی کان پکڑ کر ہِلاتا ہے۔

بیربل بچّے کی آواز میں بولتا ہے۔

بیربل : ''بابا... بابا... آج ہم بھی آپ کے ساتھ دربار چلیں گے...''

بیربل : (اپنی آواز میں) ''بچّے دربار میں نہیں جاسکتے بیٹا...''

بیربل : (بچے کی آواز) ''کیوں نہیں جاسکتے...؟''

بیربل : (اپنی آواز) کیونکہ شاہی دربار کوئی کھیل کا میدان نہیں ہے... بچّوں کا وہاں کوئی کام نہیں۔''

بیربل : (بچّے کی آواز) ''لیکن مجھے کام ہے... مجھے شہنشاہ اکبر سے آپ کی

شکایت کرنی ہے۔''

بیربل : ''میری شکایت...؟''

بیربل : (بچّے کی آواز) ہاں...آپ کی شکایت...! مجھے آم کھانا ہے اور آپ مجھے آم لاکرنہیں دیتے۔''

بیربل : ''ہم ابھی آم منگوادیتے ہیں...''

اکبرتالی بجاکراشارہ کرتا ہے...

ایک خادم فوراً آموں کی ٹوکری لےکرآتا ہے۔

اکبرآم کی ٹوکری بیربل کی طرف بڑھاتا ہے۔

بیربل بچّے کی آواز میں روتے ہوئے کہتا ہے۔

بیربل : (بچّے کی آواز میں) ''نہیں...نہیں...یہ والا آم نہیں...یہ تو آگرہ کا آم ہے...مجھے لکھنؤ والا آم چاہیے...''

ذرا غصّے سے اکبر پھر تالی بجاتا ہے۔

خادم دوسرے آموں کی ٹوکری لاتا ہے۔

اکبر پھر آم کی ٹوکری بیربل کی طرف بڑھاتا ہے۔

بیربل : (بچّے کی آواز میں روتے ہوئے) ''نہیں...نہیں...یہ آم تو پیلا ہے۔ لکھنؤ والا آم ہرا ہوتا ہے...اُسے کاٹو تو اندر سے لال ہوتا ہے۔ اور اُس میں کالے کالے بیج بھی ہوتے ہیں۔

اکبر یہ سُن کر حیران ہوتا ہے۔

سارے درباری بھی حیران پریشان دیکھتے ہیں۔

اکبر جھنجھلا کر تالی بجاتا ہے...

خادم فوراً تربوز لےکر حاضر ہوتا ہے۔

بیربل بچّوں کی طرح خوش ہوکر اُچھل کُود کرتا ہے۔

بیربل : (بچّے کی آواز میں) ''ہاں...ہاں...مجھے یہی والا آم چاہیے...''

بیربل خوش ہوکر اکبر کی گود میں بیٹھ کر مچلنے لگتا ہے...

بیربل بچّے کی آواز میں اکبر سے کہتا ہے۔

بیربل : (بچّے کی آواز میں) ''اب آپ یہ آم کاٹ کر مجھے کھلائیے۔''

اکبر : (حیرت سے) ''ہم...؟ ہم کیوں آم کاٹیں...؟ یہ کام تو خادم کا ہے...ہم تو بادشاہ ہیں...''

بیربل : (بچّوں کی طرح مچلتے ہوئے)

''نہیں...نہیں...بادشاہ تو ہم ہیں...آپ خادم ہیں...''

اکبر کا تاج اُتار کر بیربل خود پہن لیتا ہے۔

اور اپنی پگڑی اکبر کو پہنا دیتا ہے...

اکبر کو غصّہ آتا ہے...

بیربل : (بچّے کی آواز میں) ''ہم یہ آم تبھی کھائیں گے، جب آپ اِسے کاٹیں گے۔''

اکبر غصّے پر قابو پاکر تربوز کاٹتا ہے...

بیربل بچّوں کی طرح خوش ہوکر تربوز کھاتا ہے...

پھر سب کھایا ہوا تھوک دیتا ہے...

بیربل : (بچّے کی آواز میں روتے ہوئے)

''نہیں...نہیں... یہ آم اچھّا نہیں ہے...اِسے پہلے کی طرح بند کرکے گول گول کردیں...اِسے بالکل ویسا کردیں جیسا یہ کاٹنے سے پہلے تھا...مَیں لات مار مار کر گیند کی طرح اس آم سے کھیلوں گا۔''

اکبر کو بہت غصّہ آتا ہے...بیربل کو مارنے کے لئے اکبر کا ہاتھ اٹھ جاتا ہے۔

پھر اچانک اکبر ہاتھ روک کر ہنس پڑتا ہے...

اکبر : ''ٹھیک ہے بیربل... تم جیت گئے... ہم تمہاری دلیل اور دعوے کو مان گئے... واقعی بچّوں کو سمجھنا اور سمجھانا دنیا کا سب سے مشکل کام ہے!''

بیربل : ''شکریہ جہاں پناہ...! اپنی بات سمجھانے کے لئے، اگر مجھ سے کوئی غلطی، گُستاخی ہوئی ہو، تو معافی چاہتا ہوں...''

بیربل، اکبر کا تاج اُس کے سر پر رکھتا ہے...

اکبر : ''بیربل...! ہمیں عوام کی جانب سے ایک تجویز ملی ہے... اُسی سلسلے میں ہم تم سے صلاح مشورہ کرنا چاہتے تھے۔''

بیربل : ''کیسی تجویز بادشاہ سلامت...؟''

اکبر : ''سال میں ایک بار یومِ اطفال یعنی بچّوں کا دن منانے کی تجویز... لیکن اب صلاح مشورے کی ضرورت نہیں رہی... تم نے تاخیر سے آنے کی وجہ بتا کر ہمارا مسئلہ حل کر دیا۔ شہزادہ سلیم کے یومِ پیدائش پر... ہم ہر سال یومِ اطفال منانے کا اعلان کریں گے...!''

مُلّا : ''شہنشاہ اکبر...''

درباری : ''زندہ باد...!''

بیربل : ''شہنشاہ اکبر...''

درباری : ''سلامت رہیں...!''

اکبر ہنستے ہوئے بیربل کی پگڑی واپس کرتا ہے۔

چوتھی کہانی

بیربل کی کھچڑی

پہلا منظر

شہنشاہ اکبر اور بیربل شاہی باغ میں باتیں کر رہے ہیں۔
باغ میں کچھ فاصلے پر ایک تالاب بھی نظر آ رہا ہے۔

بیربل : ''عالم پناہ... آج سردی بہت زیادہ ہے... ٹھنڈی ہوائیں چل رہی ہیں... باغ میں زیادہ وقت گزارنا مناسب نہیں۔''

اکبر : ''تم نے ٹھیک کہا بیربل... لیکن ہم سوچ رہے ہیں... کیا اِس سرد موسم میں بھی ماہی گیر مچھلیاں پکڑنے سمندر میں جاتے ہوں گے؟''

بیربل : ''بے شک! جاتے ہیں بادشاہ سلامت... زندگی کی رفتار اور انسان کی ضرورت... کسی بھی موسم میں کم نہیں ہوتی...''

اکبر : ''(ہنستا ہے) اچھا... بہت خوب...!''

اُسی وقت وہاں ایک سپاہی آتا ہے۔

سپاہی : ''گُستاخی معاف، بادشاہ سلامت... ایک آدمی زبردستی آپ سے مِلنے کی ضدّ کر رہا ہے۔''

اکبر : ''کون ہے وہ بے ادب، گُستاخ...؟ اگر کوئی فریادی ہے تو دربار میں آ سکتا ہے...!''

سپاہی : ''وہ نہیں مان رہا ہے حضور... کہتا ہے یہ اُس کی زندگی اور موت کا سوال ہے۔ جہاں پناہ سے مِلے بغیر نہیں جائے گا...''

بیربل : ''لگتا ہے کوئی مصیبت کا مارا ہے... کسی مجبوری نے اُسے آپ کے در تک آنے کی ہمّت عطا کردی...''

اکبر : ''(کچھ سوچ کر) ٹھیک ہے، اُسے پیش کیا جائے۔''

سپاہی چلا جاتا ہے۔

کچھ ہی لمحوں بعد سردی سے کانپتا ہوا ایک غریب آدمی اکبر، بیربل کے سامنے آتا ہے...

غریب داس : ''شہنشاہ اکبر کو سلام...''

اکبر : ''کون ہو تم...؟''

غریب داس : ''حضور... میں غریب داس ہوں...اپنے نام کی طرح میَں سچ مچُ بہت غریب انسان ہوں...''

اکبر : ''ہم سے کیا چاہتے ہو...؟''

غریب داس : ''حضور... میَں کم سے کم وقت میں... ایک ہزار سونے کے سکّے کمانا چاہتا ہوں۔''

اکبر اور بیربل حیران ہوتے ہیں۔

بیربل : ''ایک ہزار سونے کے سکّے...؟''

غریب داس 'ہاں' میں سر ہلاتا ہے۔

اکبر : ''ایک ہزار سونے کے سکّوں کا تم کیا کروگے...؟''

غریب داس : ''جہاں پناہ... کچھ دنوں بعد میری بیٹی کی شادی ہے... اور میَں اپنی بیٹی کی شادی دھوم دھام سے کرنا چاہتا ہوں... اچھے کپڑے، سونے چاندی کے زیورات... اور باراتیوں کے کھانے کیلئے مجھے بہت سارے پیسوں کی ضرورت ہے...''

اکبر : ''اگر تم غریب ہو تو اپنی بیٹی کی شادی اپنی حیثیت کے مطابق کرو۔''

غریب داس : ’’میَں غریب ضرور ہوں جہاں پناہ...لیکن میَں نے اپنے خاندان اور گاؤں والوں سے وعدہ کیا ہے کہ اپنی بیٹی کی شادی بڑی دھوم دھام سے کروں گا۔‘‘

اکبر : ’’توتم اپنا وعدہ پورا کرنے کے لیے کیا کر سکتے ہو...؟‘‘

غریب داس : ’’جو بھی جہاں پناہ حکم کریں...‘‘

اکبر سوچنے لگتا ہے۔تالاب پر نظر پڑتی ہے۔

اکبر : ’’کیاتم وہ تالاب دیکھ رہے ہو...؟‘‘

سردی سے کانپتا غریب داس، تالاب کی طرف دیکھتا ہے۔

غریب داس : ’’جی حضور...‘‘

اکبر : ’’کیاتم اُس تالاب کے ٹھنڈے پانی میں آج رات سے کل صبح تک کھڑے رہ سکتے ہو...؟‘‘

بیربل چونک کر حیرت سے اکبر کی طرف دیکھتا ہے۔

غریب داس: ’’اپنی بیٹی کی خوشی کے لیے میَں کچھ بھی کرسکتا ہوں جہاں پناہ...‘‘

بیربل اب حیرت سے غریب داس کو دیکھتا ہے۔

اکبر تالی بجاتا ہے...دوسپاہی آتے ہیں...

اکبر، غریب داس سے کہتا ہے۔

اکبر : ’’اگر آج سورج غروب ہونے سے لے کر...کل صبح سورج طلوع ہونے تک...تم اس تالاب کے پانی میں کھڑے رہے...تو یقیناً! تمھیں ایک ہزار سونے کے سکّے انعام میں دیئے جائیں گے۔‘‘

غریب داس: ’’مجھے منظور ہے جہاں پناہ...آپ کا بہت بہت شکریہ...‘‘

اکبر سپاہیوں کو اشارہ کرتا ہے۔

غریب داس خوشی خوشی سپاہیوں کے ساتھ تالاب کی طرف چل پڑتا ہے۔

دوسرا منظر

سورج ڈھلتے ہی غریب داس تالاب کے پانی میں اُترتا ہے۔

اُس کا جسم کمر سے اوپر تک پانی میں ڈوب جاتا ہے۔ غریب داس تالاب کے ٹھنڈے پانی میں کانپ رہا ہے لیکن خوش ہے۔

تالاب کے دائیں بائیں دو سپاہی، غریب داس کی نگرانی کر رہے ہیں۔

تیسرا منظر

اکبر اور بیربل تالاب سے دُور شاہی باغ میں باتیں کر رہے ہیں۔

بیربل : (فکرمندی سے) ''یہ آپ نے کیا کِیا بادشاہ سلامت؟ وہ غریب تو تالاب کے ٹھنڈے پانی میں مر جائے گا۔''

اکبر : ''ہم نے تو بس انصاف کیا ہے بیربل... اِس غریب کو ہر قیمت پر سونے کے سکّے حاصل کرنے ہیں... اور مابدولت نے اُسے ایک سنہری موقع دیا ہے...''

بیربل لاجواب ہو کر سوچ میں پڑ جاتا ہے۔

چوتھا منظر

غریب داس کمر سے اوپر تک تالاب کے پانی میں ڈوبا ہوا کھڑا ہے۔ وہ سردی سے کانپ رہا ہے... لیکن اُس کے چہرے پر خوشی اور ایک عزم ہے۔

وہ شاہی باغ میں جلتے ہوئے ایک چراغ کو دیکھ رہا ہے۔

اس نے دونوں ہاتھوں کی بند مُٹھّیاں ایسے جوڑ رکھی ہیں جیسے اپنے خالق سے دعا مانگ رہا ہو...

پانچواں منظر

غریب داس رات بھر ٹکٹکی لگائے شاہی باغ کے چراغ کو ایسے دیکھتا رہتا ہے جیسے وہ اُس کی اُمیدوں کا چراغ ہو۔ جیسے جیسے رات گہری ہوتی جاتی ہے... ٹھنڈک بڑھتی جاتی ہے۔

غریب داس کے جسم کی کپکپی بھی پہلے سے زیادہ ہوجاتی ہے... مگر وہ ہمّت نہیں ہارتا... اور جب اُسے چراغ میں اپنی بیٹی کا ہنستا ہوا چہرہ نظر آتا ہے... تو صبح ہوجاتی ہے... سورج طلوع ہوتا ہے...

چھٹا منظر

سورج نکلتے ہی کانپتا ہوا غریب داس بھی تالاب سے باہر نکلتا ہے۔

دائیں بائیں تعینات سپاہی کچھ حیرت، کچھ خوشی سے اُسے دیکھتے ہیں۔

ساتواں منظر

شہنشاہ اکبر تخت نشین ہے۔

بیربل، تمام درباری اور تقریباً سبھی نورتن دربار میں موجود ہیں۔

غریب داس کے چہرے پر کامیابی کی خوشی ہے...

وہ اکبر کے سامنے ہاتھ جوڑے کھڑا ہے۔

اکبر، غریب داس سے کہتا ہے۔

اکبر : ”ہمیں خوشی ہے کہ تم نے ایک ناممکن کام کو ممکن کر دِکھایا... تم یقیناً ایک ہزار سونے کے سکّوں کے مستحق ہو...“

غریب داس خوشی سے کانپتے ہوئے کہتا ہے۔

غریب داس : ”یہ شہنشاہ کی مہربانی ہے...“

اکبر : ”لیکن ہم جاننا چاہتے ہیں...کہ تم نے یہ کارنامہ آخر کیسے سرانجام دیا...؟ کیسے تم نے برف جیسے ٹھنڈے پانی کو رات بھر برداشت کرلیا...؟“

غریب داس: ”اِس میں کوئی راز نہیں ہے...میَں نے بس اپنا مقصد حاصل کرنے کا عزم کرلیا تھا۔اور اسی عزم کے ساتھ میں ساری رات شاہی باغ کے ایک چراغ کو دیکھتا رہا۔“

اکبر : (چونک کر) ”اوہ...اچھا...!تو شاہی باغ کے جلتے چراغ سے تمہیں گرمی مِلتی رہی...اور تمہیں تالاب کے پانی کی ٹھنڈک محسوس ہی نہیں ہوئی...؟“

غریب داس: ”نہیں جہاں پناہ...اصل گرمی تو میری کامیابی کے عزم کی تھی...اسی گرمی نے مجھے جان لیوا ٹھنڈے پانی میں بھی زندہ رکھا...“

اکبر غصّے سے تخت سے اٹھتے ہوئے کہتا ہے۔

اکبر : ”نہیں...!تم ایک ہزار سونے کے سکّوں کے حقدار نہیں ہو...تم ہماری شرط اور اپنے دعوے پر پورے نہیں اترے...اگر شاہی باغ کے چراغ سے گرمی نہ مِلتی،تو تم کامیاب نہیں ہو سکتے تھے...تمہارا دعویٰ جھوٹا نکلا...تم جا سکتے ہو...!“

دربار میں چہ میگوئیاں ہونے لگتی ہیں۔

بیربل حیرت سے کبھی جاتے ہوئے اکبر کو...

کبھی روتے ہوئے غریب داس کو دیکھتا ہے۔

آٹھواں منظر

غروبِ آفتاب کے بعد...

شہنشاہ اکبر اپنے دیوانِ خاص میں ٹہل رہا ہے۔

بیربل آتا ہے...سلام کرتا ہے۔

اکبر : ''بیربل تم اِس وقت...؟ کوئی خاص بات...؟''

بیربل : ''جی ہاں بادشاہ سلامت...مَیں نے ایک خاص قسم کی کھچڑی بنانا سیکھ لیا ہے...مَیں چاہتا ہوں کہ کل دوپہر کے کھانے پر آپ میرے گھر تشریف لائیں۔''

اکبر : (سوچتے ہوئے) ''خاص قسم کی کھچڑی...؟

بیربل : ''جی حضور...!''

نواں منظر

بیربل کے گھر کے صحن میں ایک درخت سے بندھی رسّیوں پر مٹّی کی ایک ہانڈی لٹک رہی ہے...ہانڈی کے بالکل نیچے زمین پر آگ جل رہی ہے...

اکبر اپنے درباریوں، خادموں اور سپاہیوں کے ساتھ وہاں آتا ہے...

بیربل : ''تشریف لانے کا شکریہ بادشاہ سلامت...دیکھئے کھچڑی تیار ہو رہی ہے...''

اکبر غور سے نیچے جلتی ہوئی لکڑیوں کو...

پھر اونچائی پر لٹکتی ہوئی ہانڈی کو دیکھتا ہے...اور حیران ہوتا ہے...

بعض درباری بیربل کی حماقت پر ہنستے ہیں...

اکبر : ''کیا یہ خاص قسم کی کھچڑی اِسی طرح پکائی جاتی ہے بیربل...؟''

بیربل : ''جی جہاں پناہ...بس تھوڑی دیر میں پک جائے گی...''

اکبر : ''ہمیں تو لگتا ہے...یہ کھچڑی کبھی نہیں پک سکے گی بیربل...کیوں کہ آگ کی آنچ تو کھچڑی کی ہانڈی تک پہنچ ہی نہیں رہی ہے...!''

بیربل : ''کیسے نہیں پہنچے گی حضور...؟ جب دس گز دور جلتے ہوئے چراغ کی گرمی تالاب تک پہنچ سکتی ہے...تو دو ہاتھ کی بلندی پر لٹکتی ہانڈی تک بھی آنچ

ضرور پہنچے گی...!"

یہ سُنتے ہی اکبر کو غصہ آجاتا ہے... لیکن اگلے ہی لمحے بیربل کی چالاکی اور اشارے کو سمجھ کر اکبر ہنس پڑتا ہے۔

اکبر : "مابدولت سمجھ گئے... جو تُم سمجھانا چاہتے ہو بیربل... تم نے بڑی ذہانت اور جرأت سے ہمیں اپنی غلطی کا احساس دِلایا۔ غریب داس کو اُس کا انعام ضرور دیا جائے گا..."

بیربل : "شکریہ بادشاہ سلامت... آپ سے ایسے ہی انصاف کی اُمیّد تھی... آیئے...! کھائی جانے والی اصلی کھچڑی تو اندر دسترخوان پر آپ کا انتظار کر رہی ہے..."

اکبر درخت سے لٹکتی ہانڈی کو دیکھ کر ہنستے ہوئے کہتا ہے۔

اکبر : "بیربل کی کھچڑی...!"

سبھی درباری اور خود بیربل بھی ہنستا ہے۔

دسواں منظر

غریب داس بڑی خوشی سے اکبر کے ہاتھوں سے ایک ہزار سونے کے سکّوں کی مُہر بند تھیلی لیتا ہے۔

غریب داس: "انصاف پسند شہنشاہ اکبر کا اقبال بُلند ہو...!"

پھر غریب داس، بیربل سے کہتا ہے۔

غریب داس: "آپ سچ مچ اِس دربار کے انمول رتن ہیں..."

پانچویں کہانی

خدا جو بھی کرتا ہے...

پہلا منظر

بازار میں ایک کمہار اپنے کندھے پر مِٹّی کا بڑا سا مٹکا اُٹھائے جا رہا ہے۔ مٹکے کے وزن سے کُمہار پریشان اور تھکا ہوا ہے۔ سامنے سے بیربل آتا ہے... کمہار کو دیکھ کر کہتا ہے۔

بیربل : ''ارے مادھو کُمہار...! اتنا بڑا مٹکا لے کر کہاں جا رہے ہو...؟''

کمہار : ''کیا بتاؤں بیربل... اِس بار بارش میں مِٹّی کا ایک بھی برتن نہیں بن سکا۔ ہم تو دانے دانے کے محتاج ہو گئے... 100 سال پرانا... یہ خاندانی مٹکا بیچنے جا رہا ہوں... کچھ پیسے مل جائیں تو گھر میں چولہا جلے...''

بیربل : ''فکر نہ کرو مادھو... سب ٹھیک ہو جائے گا... خدا جو بھی کرتا ہے، اچھا ہی کرتا ہے...!''

مادھو کمہار ناراض ہو کر غصّے سے کہتا ہے۔

کمہار : ''بڑی بڑی باتیں کرنا آسان ہے بیربل جی... لیکن دُکھ جھیلنا بہت مشکل ہے۔ یہاں ہم بھُو کے مر رہے ہیں اور آپ کہتے ہیں... خدا جو بھی کرتا ہے، اچھا ہی کرتا ہے...! میری اِس بدحالی میں بھلا کیا اچھائی ہے...؟''

بیربل : ''تم اپنے حالات سے پریشان ہو مادھو، اِس لیے سمجھ نہیں رہے... میری بات کا اعتبار کرو... خدا جو بھی کرتا ہے، اچھا ہی کرتا ہے...!

کمہار : ''(غصے سے) آپ ایک غریب کے جلے پر نمک چھڑک رہے

ہیں... بیربل جی... مَیں شہنشاہ اکبر سے آپ کی شکایت کروں گا۔''

بیربل : ''(ہنستا ہے) خدا تمہارا بھلا کرے...!''

بیربل ہنستا ہوا آگے بڑھ جاتا ہے...

کُمہار غصّے سے بیربل کو جاتے ہوئے دیکھتا ہے...

دوسرا منظر

شہنشاہ اکبر تخت پر براجمان ہے...

ایک سپاہی ایک خاص قسم کی تلوار لے کر اکبر کے سامنے آتا ہے۔

تلوار چاندی کے تھال میں رکھی ہے...

سپاہی احترام سے سر جھکا کر کہتا ہے۔

سپاہی : ''شہنشاہ سلامت رہیں... شہزادہ سلیم نے آپ کی خدمت میں یہ خاص تاریخی تلوار بطور تحفہ بھیجی گئی ہے...''

اکبر تلوار اُٹھا کر نیام سے باہر نکالتا ہے...

خوبصورت تلوار کی دھار چمکتی ہے...

اکبر تلوار کو ہوا میں چلا کر دیکھتا ہے...

اکبر : ''مابدولت خوش ہوئے... شہزادہ سلیم کو بیش قیمت تحفوں کے ساتھ پیغام دو... کہ اُن کا یہ تحفہ ہمیں بہت پسند آیا۔''

سپاہی ادب سے سر جھکا کر واپس چلا جاتا ہے۔

اُسی وقت ایک اور سپاہی اندر آتا ہے...

دوسرا سپاہی : ''گُستاخی معاف جہاں پناہ... وزیرِ انصاف بیربل کے خلاف ایک کمہار شکایت لے کر آیا ہے۔''

اُس لمحے اکبر تلوار کی دھار پرکھ رہا تھا...

یہ سُنتے ہی کرا اکبر کا ہاتھ تلوار پر پھسل جاتا ہے۔
اکبر تکلیف سے کراہتا ہے۔

اکبر : ''آہ...! ہمارا انگوٹھا...''

اکبر کے انگوٹھے سے خون نکلتا ہے۔
درباری امراء وزراء اور خادم گھبرا کر اکبر کی طرف دوڑتے ہیں...

ایک وزیر : ''کیا ہوا مہابلی...؟''

دوسرا وزیر : ''کیا ہو گیا بادشاہ سلامت...؟''

اکبر : ''ہمارا انگوٹھا تلوار کی تیز دھار سے زخمی ہو گیا...''

ایک حکیم دوڑا دوڑا آتا ہے...

حکیم : ''پریشان نہ ہوں حضور، میں ابھی مرہم پٹّی کر دیتا ہوں...خون کا بہنا بند ہو جائے گا...''

زخمی انگوٹھے کے سبب اکبر کے چہرے پر درد کے تاثرات نمایاں ہیں۔حکیم، اکبر کے انگوٹھے پر سفید کپڑے کی پٹّی باندھ دیتا ہے...سفید پٹی پر خون کا ایک سرخ دھبہ نظر آتا ہے...

اکبر : ''(سپاہی سے) کون فریادی بیربل کی شکایت لے کر آیا ہے؟ اسے پیش کیا جائے...''

کُمہار مادھو دربار میں آتا ہے...اکبر کی تعظیم کرتا ہے۔

کمہار : ''شہنشاہ سلامت رہیں...''

اکبر : ''بیربل سے کیا شکایت ہے تمہیں؟ کیا تمہارے ساتھ کوئی ناانصافی ہوئی ہے...؟''

کمہار : ''ناانصافی ہی سمجھیں حضور...اِس سال کی بارش نے مجھے کنگال کر دیا...مگر وزیر بیربل کہتے ہیں کہ اِس میں بھی خدا کی کچھ مصلحت ہے...!''

اکبر : ’’(حیرت سے) کیا...؟اِس میں کیا مصلحت ہو سکتی ہے...؟

کمہار : ’’بیربل کا یہی کہنا ہے... کہ خدا جو بھی کرتا ہے اچھا ہی کرتا ہے۔‘‘

اکبر : ’’(غصے سے) بیربل کہاں ہے؟‘‘

اُسی وقت بیربل دربار میں آتا ہے...

بیربل : ’’ مَیں حاضر ہوں...ظلِّ الٰہی...آپ کی خدمت میں...‘‘

بیربل، اکبر کے سامنے آتا ہے...

اکبر : ’’(غصے سے) یہ ہم کیا سُن رہے ہیں بیربل؟تم نے اس غریب کمہار سے کیا کہا...‘‘

بیربل، مادھو کمہار کو دیکھتا ہے اور بات کی تہہ تک پہنچ جاتا ہے...

بیربل : ’’وہی حضور، جو یہ آپ کو یہ بتا چکا ہے...‘‘

اکبر غصّے سے اپنا زخمی انگوٹھا اونچا کر کے دِکھاتا ہے...

بیربل : ’’(حیران، پریشان ہو کر) ارے جہاں پناہ! آپ کے انگوٹھے کو یہ کیا ہوا؟‘‘

اکبر : ’’(غصے سے) تلوار سے زخمی ہو گیا...کیا اس حادثے میں بھی کوئی اچھائی...کوئی بھلائی ہے؟‘‘

بیربل : ’’بے شک حضور...اس میں بھی کوئی نہ کوئی بھلائی ضرور ہو گی...‘‘

اکبر : ’’(غصے سے) اگر ہم تمھیں ہمیشہ کے لیے دربار سے نکل جانے کا حکم دیں...تو کیا یہ بھی تمہارے حق میں بہتر ہو گا...؟‘‘

بیربل : ’’ مَیں تو ایسا ہی مانتا ہوں،ظلِّ الٰہی...‘‘

اکبر : ’’(غصے سے) تو بیربل...!اِسی وقت دُور ہو جاؤ ہماری نظروں سے۔نِکل جاؤ اِس دربار سے...!‘‘

بیربل : ’’جو حکم جہاں پناہ...!‘‘

بیربل ادب سے اکبر کے سامنے ذرا سا خم ہوتا ہے۔ اور دربار سے چلا جاتا ہے... اکبر اور تمام حاضرین حیرانی سے دیکھتے رہ جاتے ہیں...

کمار مادھو مُنہ پھیر کر مسکراتا ہے...

کمہار مادھو : ''اب پتا چلے گا... کیا اچھا ہے... اور کیا بُرا...!''

تیسرا منظر

اکبر چند امراء، سپاہیوں اور خادموں کے ساتھ شکار کیلئے جنگل میں آیا ہے۔ چند سپاہی گھوڑوں کے پاس نیزے لیے کھڑے ہیں... اکبر کے ہاتھ میں تیر، کمان ہے۔ اکبر کے زخمی انگوٹھے پر سفید پٹّی بندھی ہے... اچانک اکبر کو ایک خوبصورت ہرن نظر آتا ہے...

اکبر : ''کتنا خوبصورت ہرن ہے... ہم اِس ہرن کا شکار کر کے اِس کی جان نہیں لے سکتے۔ ہم اِسے زندہ پکڑنا چاہتے ہیں...''

ایک امیر : ''بہت اچھا فیصلہ ہے، بادشاہ سلامت...''

دوسرا امیر : ''ہاں...! یہ ہرن حضور کے شاہی باغ کی رونق بڑھائے گا۔''

اکبر : ''چاروں طرف پھیل جاؤ... ہرن بچ کر نکلنے نہ پائے...''

سب آگے بڑھتے ہیں... اور ہرن چوکنا ہو کر بھاگ جاتا ہے... اکبر چند سپاہیوں کے ساتھ ہرن کی سمت میں آگے بڑھتا ہے۔ امراء اور دیگر سپاہی مختلف سمتوں میں چلے جاتے ہیں...

کچھ دُور جانے کے بعد... اکبر کو احساس ہوتا ہے کہ اب اُس کے ساتھ کوئی نہیں... وہ بالکل اکیلا ہے۔

اکبر : ''(حیرت سے) ہائیں...! سب کہاں چلے گئے...؟''

دوسری جانب ساتھ آئے دیگر امراء اور سپاہی بھی حیران ہیں...

ایک سپاہی : ''ارے...! بادشاہ سلامت کہاں ہیں؟''

دوسرا سپاہی: ''(گھبرا کر) لگتا ہے ہم راستہ بھول گئے ہیں...!''

اچانک کچھ خطرناک وحشی، جنگلی لوگ نیزوں کے ساتھ نمودار ہوتے ہیں...اور اکبر کو چاروں طرف سے گھیر لیتے ہیں۔

اکبر بے خوفی سے اُن جنگلیوں سے پوچھتا ہے۔

اکبر : ''کون ہو تم لوگ...؟ شاید تم نہیں جانتے...ہم یہاں کے راجہ ہیں...!''

تمام جنگلی بے اختیار ہنسنے لگتے ہیں... جنگلی سردار خوفناک انداز میں ہنستا ہوا سامنے آتا ہے...

جنگلی سردار: ''ہیاں کو راجہ تو ہم ہُو لے لُو...''

گردن کاٹنے کا اشارہ کرتے ہوئے سردار کہتا ہے۔

جنگلی سردار: ''تمہارا بلی چڑھے لُو...

دیوتا کے چرنوں میں ڈلے لُو!''

یہ سُن کر اکبر ذرا ڈر جاتا ہے...مگر کڑک کر کہتا ہے

اکبر : ''کیا...؟ تم جنگلی لوگ، انسانوں کی قربانی کرتے ہو...؟''

جنگلی سردار: ''ہاں...ٹھیک کہہ لے لُو...! انسان کی بلی سے دیوتا خوش ہُو لے لُو...آج تمہاری بلی پڑے لُو...''

اکبر کو گھیر کر جنگلی لوگ خوشی سے ناچنے گانے لگتے ہیں۔

تمام جنگلی:

''آلُو...رتالُو...آلُو...رتالُو...

حبالُو...شبالُو...حبالُو...شبالُو...

کچالُو...پکالُو...کچالُو...پکالُو...

کھبالُو...چبالُو...کھبالُو...چبالُو...''

جنگلی سردار: ''ہورے لالا... ڈینگولالا... ہورے لالا!

سردار ہنس کر کہتا ہے۔

جنگلی سردار: ''بلی کے بکرے کا ہاتھ پاؤں جکڑ دے لُو...''

دو جنگلی اکبر کے ہاتھ باندھنے کے لیے رسّی لے کر جاتے ہیں...

ایک جنگلی، اکبر کا ہاتھ پکڑتا ہے...

دوسرا جنگلی، اکبر کے زخمی انگوٹھے پر لگی پٹّی کو دیکھ کر چیختا ہے...

جنگلی : ''سردار... سردار...! عجب ہو گئے لُو...

گجب ہو گئے لُو...''

جنگلی سردار:'' (پریشانی سے) کی ہولُو...؟ کی ہولو...؟؟''

جنگلی : ''بکرا ٹوٹا پھوٹا... آدھا ادھے لُو... کٹے لُو... پھٹے لُو...''

جنگلی سردار: (گھبرا کر)'' کی...؟ ای کی ہولُو...؟''

جنگلی سردار قریب جا کر اکبر کے زخمی انگوٹھے کو دیکھتا ہے...

غصّے سے چیختا ہے...

جنگلی سردار :'' مٹرُو... شٹرُو...

جھینگا... بھینگا... ہکّا... بکّا...!''

چند جنگلی دوڑ کر سردار کے پاس آتے ہیں...

جنگلی سردار: ''آدھا، اشُدھ بلی... دیوتا قبول نہ کرے لُو... دیوتا ناراض ہولُو...

پاپ پڑے لُو...''

سردار اور دوسرے جنگلی اکبر کے آگے ہاتھ جوڑ دیتے ہیں...

جنگلی سردار: ''(اکبر سے) تم بلی کے یوگ نہ ہولُو...! جا سکے لُو، بھاگ سکے لُو...''

اکبر کو بیربل کی بات یاد آتی ہے کہ...

'خدا جو بھی کرتا ہے، اچھا ہی کرتا ہے...!'

اکبر حیرت اور خوشی سے انگوٹھا اونچا کرتا ہے...
سب جنگلی ڈر جاتے ہیں...

اکبر : ''کیا...؟ کیا تم نے اِس زخمی انگوٹھے کی وجہ سے ہمیں چھوڑ دیا..!''

سب جنگلی 'ہاں' میں سر ہِلاتے ہیں...

اکبر ہنستے ہوئے جنگلیوں کے گھیرے سے نِکلتا ہے...
ہنستے ہنستے جنگلیوں کی نقل کرتا ہے...

اکبر : ''بھاگ سکے لُو... مابدولت بھاگ سکے لُو... جا سکے لُو...!''

چوتھا منظر

اکبر شاہی مسند پر بیٹھا ہنس رہا ہے...
بیربل دربار میں واپس آچکا ہے۔
کمہار مادھو بھی دیگر عوام کے ساتھ موجود ہے...
سب ہنس رہے ہیں...

اکبر : ''تم نے ٹھیک ہی کہا تھا بیربل... بے شک...! خدا جو بھی کرتا ہے، اچھا ہی کرتا ہے...! آج ہماری جان اِس زخمی انگوٹھے کی وجہ سے بچ گئی...''

بیربل : ''جان تو میری بھی بچ گئی حضور... اگر آپ نے ناراض ہو کر مجھے دربار سے نہیں نکالا ہوتا... تو مَیں بھی آپ کے ساتھ شکار پر ضرور جاتا... تب، آپ تو بچ جاتے... لیکن بیربل یقیناً بلی کا بکرا بن گیا ہوتا...!''

اکبر اور تمام حاضرین ہنستے ہیں...

اکبر : ''شاہی دربار میں تمہاری حیثیت بحال کی جاتی ہے بیربل... اور ایک ہزار

سونے کے سکّے انعام میں دیئے جاتے ہیں۔"

ایک خادم بیربل کوسکّوں کی تھیلی دیتا ہے...

اُسی وقت مادھوکمہار سامنے آ کر اکبر سے کہتا ہے...

کمہار مادھو : "جہاں پناہ...! مَیں بھی بیربل کے خلاف اپنی شکایت واپس لیتا ہوں...کل تک مَیں دانے دانے کو محتاج تھا...لیکن آج مَیں خود سینکڑوں لوگوں کو کھانا کھلانے کے قابِل ہوں..."

اکبر : (حیرت سے) "اور یہ معجزہ کیسے ہوا؟"

کمہار مادھو: "میرا خاندانی، مٹّی کا مٹکا...جسے خریدنے کے لیے کوئی تیار نہیں تھا۔کل وہ ٹوٹ گیا...اور وہ مٹکا سونے کے سکّوں سے بھرا ہوا تھا...! مَیں بھی بیربل کو سونے کے 100 سکّے بطور تحفہ دینے کی اجازت چاہتا ہوں!"

اکبر : "بے شک...!اجازت ہے۔بیربل تمہارے تحفے کا مستحق ہے۔"

بیربل : "شکریہ... بادشاہ سلامت...!مَیں نے کہا تھا نا...خدا جو بھی کرتا ہے، اچھا ہی کرتا ہے...!"

بیربل سونے کے سکّوں کی تھیلی اونچی کرتا ہے...

سب ہنس پڑتے ہیں...

چھٹی کہانی

جیسے کو تیسا...

پہلا منظر

ایک بوڑھی عورت 'منگو' چاچا کی جھونپڑی میں آتی ہے۔

اُس عورت کے ہاتھ میں سُرخ رنگ کے کپڑے کی ایک پوٹلی ہے...

منگو چاچا عبادت میں مشغول ہیں...

بوڑھی عورت سلام کرتی ہے...

منگو چاچا : ''کون ہو تم... اور میری عبادت میں خلل ڈالنے یہاں کیوں آئی ہو...؟''

عورت : ''میں ایک بیوہ عورت ہوں... میرا اِس بھری دنیا میں کوئی نہیں...''

منگو چاچا : ''اِس دنیا میں ہر کوئی اکیلا ہے... سب اکیلے آتے ہیں... اکیلے چلے جاتے ہیں... نہ کوئی کچھ لے کر آتا ہے، نہ لے کر جاتا ہے۔''

عورت : ''لیکن مَیں اپنی زندگی بھر کی جمع پونجی لے کر آپ کے پاس آئی ہوں... آپ کی ایمانداری کے بہت چرچے سُنے ہیں مَیں نے۔''

عورت، منگو چاچا کے سامنے کپڑے کی پوٹلی کھولتی ہے... سرخ کپڑے پر سونے، چاندی اور تانبے کے سکّے اور زیورات نظر آتے ہیں۔

منگو چاچا ایک نظر اس دھن دولت کو دیکھتے ہیں... پھر منہ پھیر لیتے ہیں۔

منگو چاچا : ''ہم دنیاداری چھوڑ چکے ہیں...
یہ دھن دولت ہمارے کسی کام کی نہیں۔''

عورت : ”آپ جیسا سچّا اور بھلا انسان اس گاؤں میں اور کوئی نہیں ...میَں حج پر جا رہی ہوں، اب یہ دھن دولت کہاں ڈھوتی پھروں گی؟ سو چا آپ کے پاس رکھوا دوں گی تو محفوظ رہے گی ... سفر سے واپس آ کر لے لوں گی ...“

منگو چاچا : ”پرائے دھن کو ہاتھ لگانا بھی ہم گناہ سمجھتے ہیں ...اگر تم چاہو تو خود اپنے ہاتھوں سے اپنی دولت اِس جھونپڑی میں کہیں چھپا دو۔“

عورت : ”بہت مہربانی منگو چاچا... شکریہ ...!“

منگو چاچا آنکھیں بند کر کے پھر عبادت میں مشغول ہو جاتے ہیں...

بوڑھی عورت لال کپڑے میں دھن دولت سمیٹ کر جھونپڑی میں اِدھر اُدھر دیکھتی ہے۔اور جھونپڑی کے ایک کونے میں وہ پوٹلی چھپا دیتی ہے۔

پھر رُخصت ہوتے ہوئے منگو چاچا سے کہتی ہے۔

عورت : ”آپ نے بڑا احسان کیا، مجھ اکیلی، بے سہارا عورت پر...حج سے واپس آ کر میَں اپنی امانت واپس لے جاؤں گی...“

منگو چاچا : ”اللہ تمہارا سفر کامیاب کرے...!“

بوڑھی عورت جھونپڑی سے نکل جاتی ہے...

دوسرا منظر

چند ماہ بعد...

بوڑھی عورت، منگو چاچا کی جھونپڑی میں آتی ہے۔سلام کر کے کہتی ہے۔

عورت : ”میَں اپنی امانت واپس لینے آئی ہوں۔“

منگو چاچا : ” ہاں... ہاں... تو لے جاؤ اپنی امانت... اپنی دولت... روکا کس نے ہے...!تم نے تو خود ہی چھپایا تھا...خود ہی نکال لو...“

بوڑھی عورت جھونپڑی کے اُسی کونے میں جاتی ہے جہاں پوٹلی چھپائی تھی۔مگر کافی تلاش کے بعد بھی لال پوٹلی کہیں نہیں ملتی۔وہ اُداس اور حیران، پریشان ہوجاتی ہے...

عورت : ''منگو چاچا... پیسوں اور زیورات کی پوٹلی تو مَیں نے یہیں چھپائی تھی...لیکن اب یہاں ہے نہیں...! کہاں غائب ہوگئی...؟''

منگو چاچا : '' (غصّے سے) حج سے آئی ہو...سوچ سمجھ کر بولو...کیا تم مجھ جیسے سچّے، عبادت گزار اور ایماندار شخص پر شک کر رہی ہو...؟''

عورت : '' (خوفزدہ ہوکر) ''نہیں...نہیں...! مَیں تو پریشان ہوں...کہ میری جمع پونجی گئی کہاں...؟''

منگو چاچا : ''جو پیسے کا لالچی ہو...وہی جانے...! مَیں نے اِسی لئے تمہاری دولت کو ہاتھ تک نہیں لگایا تھا...تمہاری دولت تھی...تم نے ہی پائی...تم نے ہی گنوائی...''

منگو چاچا آنکھیں بند کرلیتے ہیں۔

منگو چاچا : ''نہ کوئی کچھ لے کر آتا ہے...نہ لے کر جاتا ہے۔''

بوڑھی عورت رونے لگتی ہے۔

عورت : ''یا اللہ...! اب مَیں کیا کروں...؟ کہاں جاؤں...؟''

تیسرا منظر

شہنشاہ اکبر شاہی تخت پر بیٹھا ہے...

بیربل احترام سے سر جھکا کر کہتا ہے۔

بیربل : ''ظلِّ الٰہی...ایک بزرگ خاتون اپنے ساتھ ہوئی ناانصافی کی شکایت لے کر آئی ہے۔''

اکبر : ''فریادی خاتون کو پیش کیا جائے...''

وہی بوڑھی عورت اکبر کے سامنے آتی ہے...

عورت : ''شہنشاہ سلامت رہیں...''

اکبر : ''کیا ناانصافی ہوئی ہے تمہارے ساتھ؟''

عورت : ''میں ایک غریب بیوہ ہوں حضور...میں نے ایک ایماندار انسان پر بھروسہ کیا...لیکن وہ لالچی اور بے ایمان نکلا...اُس نے دھوکے سے میری زندگی بھر کی جمع پونجی ہڑپ لی...میں تو لُٹ گئی...برباد ہوگئی...''

بوڑھی عورت رونے لگتی ہے...

اکبر : ''وزیرِ انصاف بیربل...!اِس عورت کے آنسو اس کی سچائی کے گواہ ہیں۔معلوم کرو،کِس بد بخت نے اِس بے سہارا عورت کے ساتھ فریب کیا ہے...فریادی کے ساتھ انصاف ہو!''

بیربل : ''جو حکم جہاں پناہ...!''

چوتھا منظر

بیربل شاہی محل کے باہر بڑھیا کو سمجھا رہا ہے...

بیربل : ''آپ فکر نہ کریں ماں جی...یہ بیربل کا وعدہ ہے...آپ کا دھن آپ کو ضرور واپس مل جائے گا۔بس آپ ویسا ہی کرنا جیسا میں کہتا ہوں...''

بیربل رازداری سے سمجھاتا ہے...بوڑھی عورت 'ہاں...' میں سر ہلاتی ہے۔

پانچواں منظر

بیربل نے اپنی شناخت چھپانے کے لئے کمبل اوڑھ کر چہرہ ڈھانکا ہوا ہے... صرف اُس کی آنکھیں دِکھائی دے رہی ہیں۔

بیربل، منگو چاچا کی جھونپڑی میں آتا ہے...

بیربل : ''سلام... منگو چاچا...''

منگو چاچا : ''سلام... سلام... کون ہو تم...؟ کیا پریشانی ہے تمہیں...؟''

بیربل : ''اللہ کے فضل سے پریشانی تو کوئی نہیں ہے چاچا... بس آپ کو چھوٹی سی زحمت دینے آیا ہوں...''

منگو چاچا : ''تو بتاؤ...! ہم تمہاری کیا خدمت کر سکتے ہیں...؟''

بیربل سفید کپڑے کی ایک پوٹلی نکال کر کھولتا ہے...

پوٹلی میں ہیرے، موتی اور سونے کے سکّے نظر آتے ہیں...

بیربل : ''یہ انمول دولت ہے... اس کی قیمت کا اندازہ لگانا بھی مشکل ہے...''

یہ دیکھ کر منگو چاچا کی آنکھیں لالچ سے چمک اٹھتی ہیں... مکّاری کرتا ہے۔

منگو چاچا : ''ہاں... ہاں... وہ تو ہم دیکھ رہے ہیں... ان کی قیمت لاکھوں میں ہو گی... لیکن یہ سب ہمیں کیوں دِکھا رہے ہو...؟ ہم دنیاداری چھوڑ چکے ہیں... دن رات بس عبادت کرتے ہیں...''

بیربل : ''میَں جنگ پر جا رہا ہوں اور سُنا ہے آپ بڑے سچّے اور نیک انسان ہیں... جنگ کے خاتمے تک میری یہ انمول دولت اپنے پاس رکھ لیجئے۔''

منگو چاچا : ''فانی دنیا کی یہ چیزیں... ہمارے لئے خاک کی مانند ہیں...! ہم ایسے ہیرے، موتیوں اور سونے کے سکّوں کو ہاتھ بھی نہیں لگاتے... لیکن تمہاری مدد کے لئے کچھ تو تدبیر کرنی ہوگی...''

بیربل : ''آپ عظیم انسان ہیں...''

اُسی وقت بوڑھی عورت اچانک جھونپڑی میں آجاتی ہے...

عورت : ''بے شک...! منگو چاچا عظیم ہیں...''

منگو چاچا : (حیرت سے) ''تم...؟ تم پھر آ گئیں...؟''

بیربل : (منگو چاچا سے) ''ماں جیسی یہ بزرگ عورت کون ہے؟''

منگو چاچا : ''اِس غریب عورت نے بھی اپنی دولت اِسی جھونپڑی میں بطور امانت خود رکھی تھی...لیکن اب یہ بھول چکی ہے کہ کس جگہ چھپائی تھی۔''

عورت : ''مجھے یاد آگیا ہے چاچا... اِسی لئے تو واپس آئی ہوں...آج مَیں اپنی دولت ضرور ڈھونڈ لوں گی...

بوڑھی عورت جھونپڑی کے ایک کونے میں جاتی ہے...

منگو چاچا سوچ میں پڑ جاتے ہیں...

منگو چاچا : (دِل ہی دِل میں) ''اِن انمول ہیرے، موتیوں کے سامنے...اِس بوڑھی عورت کی دولت تو آٹے میں نمک کے برابر بھی نہیں۔ اگر اس اجنبی کو ذرا سا بھی شک ہو گیا کہ مَیں نے اِس بڑھیا کی دولت ہڑپ لی ہے...تو یہ اپنے موتی ہرگز یہاں چھوڑ کر نہیں جائے گا...جنگ پر جارہا ہے...کیا پتہ زندہ واپس ہی نہ لوٹے...نہیں...نہیں... یہ مناسب نہیں ہو گا...بہتر ہے کہ بڑھیا کی دولت واپس کر دی جائے...انمول ہیرے موتیوں کے لئے... مجھے بوڑھی عورت کی دولت قربان کرنا ہی ہو گی...''

یہ فیصلہ کرتے ہی منگو چاچا زور سے قہقہہ لگاتا ہے...

منگو چاچا : ''بیوقوف عورت...! تجھے آج بھی یاد نہیں ہے...کہ تُو نے اپنی امانت کہاں چھپائی تھی...؟ تیری دولت وہاں نہیں...یہاں ہے!''

منگو چاچا جھونپڑی کے دوسرے کونے کی طرف اشارہ کرتے ہیں...

منگو چاچا : ''وہاں دیکھ...تیری دولت تجھے ضرور مل جائے گی...''

بوڑھی عورت خوشی خوشی اُس طرف جا کر تلاش کرتی ہے...
اور اُسے اپنی دولت کی لال پوٹلی مل جاتی ہے...

عورت : (خوشی سے) ''مِل گئی... مجھے میری امانت مل گئی...!''

منگو چاچا : ''ہم نے کہا تھا، نا...! ہم کسی کے دھن دولت کو ہاتھ نہیں لگاتے...!!''

بیربل : ''ہاں... لیکن پھر بھی... معصوم لوگوں کو دھوکہ دینے سے نہیں چوکتے...!''

منگو چاچا : (غصّے سے) ''یہ تم کیا کہہ رہے ہو اجنبی...!''

بیربل کمبل ہٹا دیتا ہے...

بیربل : ''اجنبی نہیں... بیربل...!''

منگو چاچا گھبرا کر بیربل کو دیکھتا ہے...

منگو چاچا : ''ب... ب... بیربل؟ بیربل جناب...!

بیربل : '' ہاں...! وزیرِ انصاف بیربل...!! تم جیسے مکّاروں کو پکڑنے کے لئے... کبھی کبھی مجھے بھی بھیس بدلنا پڑتا ہے...''

منگو چاچا خوف سے کانپنے لگتا ہے...

بیربل : ''سپاہیو...! گرفتار کرلو... اِس لالچی، دھوکے باز کو!!''

چھٹا منظر

شہنشاہ اکبر تخت پر بیٹھا ہے...

بیربل احترام سے کہتا ہے۔

بیربل : ''بزرگ عورت کا مجرم حاضر ہے جہاں پناہ...

دو سپاہی منگو چاچا کو پکڑ کر اکبر کے سامنے لاتے ہیں۔

بوڑھی عورت بھی دربار میں موجود ہے...

اکبر : ''منگو...! تم نے ایک غریب، بے سہارا بیوہ کو دھوکہ دینے کی کوشش

کی...تمہارا جرم معاف نہیں کیا جا سکتا..."

منگو چاچا : "رحم شہنشاہ...رحم...اِس عورت کی امانت تو میں لوٹا چکا ہوں۔اب اگر مجھے کچھ ہو گیا تو میرا خاندان بھوکا مر جائے گا۔"

اکبر : "تو پھر تم خود ہی بتاؤ...تمہارے جرم کی کیا سزا دی جائے تمہیں؟"

منگو چاچا : "آپ تو ظلِّ الٰہی ہیں...مہربانوں کے مہربان ہیں...میری سزا یہی ہے کہ مجھے بخش دیا جائے...معاف کر دیا جائے...!"

یہ سُن کر اکبر قہقہہ لگاتا ہے...

بیربل اور درباری بھی ہنس پڑتے ہیں...

بوڑھی عورت بھی ہنستی ہے...

اکبر : "ٹھیک ہے... مابدولت نے تمہیں معاف کیا...لیکن ایک شرط پر... تمہیں ایمانداری سے دن رات محنت مزدوری کر کے...اِس عورت کو اتنی ہی رقم مزید لوٹانی ہوگی...جتنی کہ اس نے تمہارے پاس رکھوائی تھی۔"

منگو چاچا : "مجھے منظور ہے جہاں پناہ...! مجھے قبول ہے...!!"

عورت : (خوشی سے) شہنشاہ اکبر...

درباری : "زندہ باد..."

منگو چاچا : (خوشی سے) ہمارا شہنشاہ...

درباری : "سلامت رہے..."

ساتویں کہانی

منحوس کون...؟

پہلا منظر

اکبر شاہی باغ میں پھول سونگھتے ہوئے ٹہل رہا ہے...

اُسی وقت بیربل ایک غریب 'بدقسمت' آدمی کے ساتھ اکبر کے پاس پہنچتا ہے۔ بدقسمت آدمی کا چہرہ کپڑے سے ڈھکا ہوا ہے صرف آنکھیں نظر آ رہی ہیں...

بیربل : ''شہنشاہ سلامت رہیں...''

اکبر : ''آؤ بیربل آؤ...! کیا خبر لائے ہو؟''

بیربل : ''سلطنتِ مُغلیہ میں ہر طرف رعایا خوشحال ہے ظلِّ الٰہی... صرف ایک ہی غریب اور دُکھوں کا مارا شخص ملا، اُسے اپنے ساتھ لایا ہوں... اِسے آپ سے عنایت اور مہربانی کی امید ہے...''

اکبر، بیربل کے پیچھے کھڑے شخص کو دیکھتا ہے۔

اکبر : ''کون ہے یہ...؟ کیا غم ہے اِسے...؟

بیربل کے اشارے پر 'بدقسمت، منحوس' آدمی آگے بڑھ کر بڑے ادب سے اکبر کو سلام کرتا ہے...

منحوس : ''شہنشاہ پر سلامتی ہو...!''

اکبر : (بیربل سے) ''اِس نے اپنا چہرہ کیوں چھپا رکھا ہے؟''

بیربل : ''جہاں پناہ...! اِس غمزدہ شخص کا اصل نام تو 'محبوب' ہے... لیکن لوگ

اسے 'منحوس' کے نام سے پکارتے ہیں...''

اکبر : ''(حیرت سے) ایسا کیوں بیربل...؟''

بیربل : ''حضور...! لوگوں کے ذہنوں میں یہ غلط بات گھر کر گئی ہے... کہ صبح صبح اِس آدمی کا چہرہ دیکھنے سے ہر کام بگڑ جاتا ہے... ہر کام اُلٹا ہو جاتا ہے! اسی لئے یہ بیچارا منہ چھپا کر آپ کے سامنے آیا ہے۔''

اکبر : ''ایسا سوچنا نہ صرف غلط ہے بلکہ یہ تو ہم پرستی ہے بیربل...

بیربل : ''سچ کہا حضور...!

اسی تو ہم پرستی کی وجہ سے کوئی اس غریب کو کام نہیں دیتا۔''

اکبر : ''ہم تمہارا اشارہ سمجھ گئے بیربل...

اِسے شاہی باغ میں کوئی کام دے دو...''

بیربل : ''شکریہ حضور...!''

بیربل کے اشارے پر بدقسمت آدمی اپنے چہرے سے کپڑا ہٹا کر اکبر کو سلام کرتا ہے...

منحوس : (ہاتھ جوڑ کر) ''شہنشاہ کی عنایت کا شکریہ...!''

اکبر پھول سونگھنے لگتا ہے...

منحوس آدمی کو لے کر بیربل شاہی باغ میں آگے بڑھ جاتا ہے...

دوسرا منظر

چند دنوں کے بعد... صبح سویرے

شہنشاہ اکبر خواب گاہ میں بستر پر سو رہا ہے...

چڑیوں کی چہچہاہٹ سے اکبر کی آنکھ کھلتی ہے۔ وہ اٹھ بیٹھتا ہے...

اکبر : ''اُف...! کتنی شدید گرمی ہے... پیاس سے گلا خشک ہو رہا ہے...''

اکبر بستر سے اُتر کر چاندی کی صراحی اٹھاتا ہے اور گلاس میں پانی ڈالنا چاہتا ہے... مگر صراحی میں پانی نہیں ہے...

اکبر : ''ارے...؟ پانی کی صراحی تو خالی ہے...؟''

اکبر خواب گاہ کے دروازے کی طرف دیکھ کر تالی بجاتا ہے۔

اکبر : ''کوئی ہے...؟ پانی لے کر آؤ...!''

شاہی باغ میں پھولوں کو پانی دیتے ہوئے اکبر کی آواز سن کر 'منحوس' باغبان چونکتا ہے...

اکبر : ''کوئی ہے...؟ پانی لاؤ... جلدی!''

منحوس باغبان پریشانی سے اِدھر اُدھر دیکھتا ہے...

آس پاس کوئی خادم نہیں ہے...

منحوس : ''لگتا ہے بادشاہ سلامت بہت پیاسے ہیں... مگر یہاں آس پاس کوئی خادم بھی نہیں ہے... کیا کروں...؟''

اکبر زور سے چلّاتا ہے...

اکبر : ''کوئی آتا کیوں نہیں...؟ پانی لاؤ جلدی سے...! ہمارا گلا خشک ہو رہا ہے۔''

خواب گاہ کے باہر اونگھتا ہوا ایک سپاہی بوکھلا کر جاگتا ہے۔

سپاہی : ''لعنت ہو مجھ پر...! بادشاہ حضور پانی مانگ رہے ہیں... ابھی لے کر جاتا ہوں!''

سپاہی جلدی سے ایک طرف بھاگتا ہے...

باغ میں، منحوس باغبان سخت پریشان اور کشمکش میں ہے...

منحوس : ''(سوچتے ہوئے) مَیں ہی پانی لے جاتا ہوں... آخر مَیں بھی تو اُن کا خادم ہوں...''

منحوس باغبان ایک طشتری میں پانی سے بھرا چاندی کا گلاس لے کر خواب گاہ میں آتا ہے...

منحوس : ''حضور... یہ لیجئے پانی...''

اکبر اُسے دیکھ کر چونکتا ہے...

اکبر : ''تم...؟ تم کیوں آ گئے...؟ خواب گاہ کے پہریدار کہاں ہیں...؟''

منحوس : ''پتہ نہیں حضور...! آس پاس کوئی خادم نہیں تھا... اور آپ بڑی دیر سے پانی مانگ رہے تھے... اِس لئے مَیں لے آیا...!''

طشتری سے گلاس اُٹھا کر اکبر سارا پانی پی جاتا ہے...

منحوس : ''اور پانی لے آؤں حضور...؟''

اکبر : ''نہیں... اب تم جا سکتے ہو...''

منحوس باغبان سر جھکا کر جانے لگتا ہے...

اُسی وقت ایک خادم پانی لے کر آتا ہے...

خادم کے ساتھ ایک درباری وزیر بھی ہے...

منحوس باغبان کے پاس سے گزرتے ہوئے دونوں منہ پھیر لیتے ہیں...

وزیر : ''یہ بدبخت انسان... بادشاہ کے حجرے میں کیوں آیا تھا؟''

خادم : ''پتہ نہیں وزیر جناب! اچھا ہوا، چلا گیا... منحوس کہیں کا...''

وزیر : ''جلدی چلو... ایسا نہ ہو کہ کوئی برا شگون ہو جائے...''

وزیر اور خادم تیزی سے اکبر کے کمرے میں آتے ہیں...

خادم : ''پانی حاضر ہے حضور...!''

اکبر : (غصے سے) ''کہاں مر گئے تھے سارے خادم، سپاہی، پہریدار...؟ ہمیں پانی چاہیے تھا... اور تم سب کیا کنواں کھود رہے تھے...؟ وہ نیا باغبان آیا تھا ہمارے لئے پانی لے کر...''

وزیراور خادم چونک کر ایک دوسرے کو دیکھتے ہیں...

وزیر : ''گُستاخی معاف حضور...کیا آپ نے اُس منحوس، بد بخت کالایا ہوا پانی پی لیا...؟''

اکبر : ''ہاں...تو اور کیا کرتے...؟ لیکن تم اُس غریب کو منحوس کیوں کہہ رہے ہو...؟''

وزیر : ''معاف کیجئے حضور...! ہم کیا...؟ پورا شہر اُسے 'منحوس' اور بد بخت کہتا ہے...صبح صبح اُس کی شکل دیکھ لو تو بنے بنائے کام بگڑ جاتے ہیں...''

اکبر : (گھبرا کر)''ہاں...ہاں...! بیربل نے بتایا تو تھا...''

وزیر : ''اُس منحوس کی شکل دیکھ لو...تو پھر دن بھر کچھ اچھا نہیں ہوتا...''

اُسی وقت اکبر کو کھانسی آتی ہے...اور کھانسی رُکتی ہی نہیں...اکبر مسلسل کھانسنے لگتا ہے...کھانستے کھانستے اکبر کا سر دیوار سے ٹکرا جاتا ہے...

سر پر گہری چوٹ لگتی ہے...

وزیر : ''(گھبرا کر) ارے...! ارے...!! اللہ رحم...بادشاہ سلامت زخمی ہو گئے ہیں۔کسی وید...حکیم کو بلاؤ...جلدی سے...''

خادم تیزی سے باہر بھاگتا ہے...

تیسرا منظر

اکبر کے سر پر سفید پٹّی بندھی ہے... وہ پریشان حال بستر پر بیٹھا ہے...کمرے میں کچھ وزیر، حکیم، درباری بھی موجود ہیں...

اُسی وقت ایک سپاہی گھبرایا ہوا سا، حیران پریشان وہاں آتا ہے...

سپاہی : ''بادشاہ سلامت رہیں...!''

اکبر : ''کیا خبر لائے ہو...؟''

سپاہی : ''خبر اچھی نہیں حضور... ہمارے مال بردار اونٹوں کا قافلہ...صحرا کے طوفان میں پھنس کر اللہ جانے کہاں غائب ہو گیا ہے...''

اکبر : (بہت تشویش سے) ''کیا...؟ وہ قافلہ تو ایران سے قیمتی سامان لا رہا تھا...!''

سپاہی : ''جی حضور... چار دن ہو گئے...! قافلہ ابھی تک لا پتہ ہے۔''

اُسی وقت ایک درباری سر جھکائے، منہ لٹکائے وہاں آتا ہے...

اکبر : (درباری سے) ''تمھیں کیا ہوا...؟ تم تو جے پور گئے تھے...؟''

درباری : ''کیسے بتاؤں بادشاہ سلامت... راجستھان میں اس سال بارش نہیں ہوئی... پانی کی جھیلیں اور کنویں سوکھ گئے ہیں، کہرام مچا ہوا ہے۔ لوگ پانی کی ایک ایک بوند کو ترس رہے ہیں۔''

اکبر : ''اللہ خیر کرے...! یہ سب کیا ہو رہا ہے...؟''

وزیر : ''بادشاہ حضور... مَیں نے کہا تھا، نا... وہ باغبان بہت بد بخت ہے... صبح صبح آپ نے اُس کی شکل دیکھ لی... اور پلک جھپکتے ہی آپ کے ساتھ یہ حادثہ ہو گیا...! اور دِل دہلا دینے والی خبروں کا سلسلہ جاری ہے...''

اکبر پریشان ہو کر سوچ میں پڑ جاتا ہے...

اِسی دوران ایک اور درباری روتا ہوا آتا ہے...

اکبر : (درباری سے) ''تم کیوں رو رہے ہو...؟ کیا تم بھی کوئی بُری خبر لائے ہو...؟''

درباری : (روتے ہوئے) مہاراج! آپ کا پیارا، راج دُلارا یونانی طوطا مر گیا!''

اکبر : (پریشان ہوکر) ''نہیں...نہیں...یہ ہم کیا سُن رہے ہیں...! یہ آج کیا ہو رہا ہے...؟ کون سی آفت ٹوٹ پڑی ہے...ایک کے بعد ایک بُری اور منحوس خبریں آرہی ہیں۔''

پہلا درباری: ''یہ سب اُسی بدبخت، منحوس باغبان کی وجہ سے ہو رہا ہے حضور۔''

وزیر : ''ہاں حضور...اُس باغبان کو پھانسی ہونی چاہیے...''

دوسرا وزیر : ''اُس باغبان کو سخت سے سخت سزا دیجیے، بادشاہ سلامت...وہ اپنی کالی صورت لے کر صبح سویرے آپ کے کمرے میں آیا ہی کیوں..؟''

اکبر : ''تم ٹھیک کہہ رہے ہو وزیر...! ہم حکم دیتے ہیں...اُس بدبخت باغبان کو کل صبح پھانسی پر چڑھا دیا جائے...!''

وزیر : ''حکم کی تعمیل ہوگی، شہنشاہ سلامت...''

باغ میں کھڑا باغبان، اکبر اور وزیر کی آوازیں سُن کر خوف سے کانپنے لگتا ہے...پھر رونے لگتا ہے۔

چوتھا منظر

اکبر کے سر پر سفید پٹّی بندھی ہے...

وہ پریشاں حال خواب گاہ میں ٹہل رہا ہے...

کمرے میں کچھ وزیر، حکیم بھی موجود ہیں...

بیربل 'منحوس' آدمی کے ساتھ آتا ہے...

بیربل : ''گستاخی معاف ظلِ الٰہی...آپ نے ایک بے قصور، بے گناہ انسان کو پھانسی کا فرمان جاری کر دیا ہے۔ یہ مناسب نہیں ہے...آخراس غریب کا جرم کیا ہے؟''

اکبر : ''اِس کا جرم یہ ہے، بیربل...کہ یہ بغیر اجازت ہمارے کمرے میں داخل ہوا...!''

بیربل : ''معاف کیجئے حضور...یہ جرم نہیں، خدمت کا جذبہ ہے...ایک خادم کا فرض ہے...جب آپ کے سارے خدام ندارد تھے...تب یہ باغبان سچّے خادم کی طرح...آپ کے لئے پانی لے کر آیا...ذرا سوچئے حضور...اگر یہ وقت پر نہ آتا، تو خدا نہ کرے...آپ کی جان بھی جاسکتی تھی...!''

اکبر سوچ میں پڑ جاتا ہے...

بیربل : ''پانی پینے کے بعد آپ کو اچانک کھانسی اِس لئے آگئی...کیونکہ آپ کافی دیر سے پیاسے تھے...آپ نے ایک ہی سانس میں سارا پانی پی لیا ہوگا۔''

اکبر سوچتے ہوئے 'ہاں' میں سر ہلاتا ہے...

بیربل : ''صحرا میں طوفان آگیا...تو اُس میں اِس باغبان کا کیا قصور؟ بارش نہ ہونے سے راجستھان میں خشک سالی کا سامنا ہے...تو اِس غریب کی کیا خطا؟ اور آپ کے یونانی طوطے کو بھی اِس بیچارے نے تو نہیں مارا...! پھر کس جرم میں اِسے پھانسی دی جارہی ہے؟''

اکبر : ''بیربل، تمہاری باتوں میں سچائی تو ہے...لیکن ہم حکم دے چکے ہیں...''

بیربل : ’’آپ چاہیں تو حکم واپس بھی لے سکتے ہیں جہاں پناہ! ایک لمحے کے لئے غور کریں کہ پھانسی پر چڑھائے جانے سے پہلے... یہ بے قصور باغبان کیا سوچے گا... یہی نا... کہ پتہ نہیں آج صبح صبح کس منحوس کا مُنہ دیکھا تھا... جو بلاوجہ اپنی جان گنوا رہا ہوں...‘‘

اکبر : ’’(غصے سے) ’’بیربل...!‘‘

بیربل : ’’جان کی امان، جہاں پناہ...! سچ کڑوا ہوتا ہے... آپ خود ہی فیصلہ کریں... کہ اِس غریب کے حق میں منحوس اور بدبخت کون ہے...؟‘‘

اکبر : (سوچتے ہوئے) بے شک...! تمہارا نکتہ، تمہاری دلیل سچّی ہے، بیربل... ہم سزائے موت کا حکم واپس لیتے ہیں... باغبان کی سزا معاف کرتے ہیں... لیکن یہ اعلان بھی کرتے ہیں کہ آج کے بعد... اگر کسی نے اِس باغبان کو ’منحوس‘ کہا... اُسے تو ضرور پھانسی دی جائے گی...‘‘

سب خوشی سے نعرے لگاتے ہیں...

باغبان : (خوشی سے) شہنشاہ اکبر کا انصاف...!

درباری : ’’آفریں... آفریں...!‘‘

بیربل : ’’شہنشاہ اکبر!‘‘

درباری : ’’سلامت رہیں...!‘‘

اکبر، بیربل ہنستے ہیں...

آٹھویں کہانی

اِس ہاتھ دے، اُس ہاتھ لے...

پہلا منظر

ساہوکار 'منی لال' کی دکان کے ایک بورڈ پر لکھا ہے...

''قرض لیں...سُود صرف...2 فیصد''

دکان میں بیٹھا 'منی لال' سونے کے 10 سِکّے گِن کر سامنے موجود شخص رحیم خان کو دیتا ہے...

منی لال : ''یہ لو رحیم خان! سونے کے 10 سِکّے بطور قرض...اصل رقم ادا ہونے تک ...قرض کی اِس رقم کا تمہیں ماہانہ صرف 2 فیصد سود ادا کرنا ہوگا۔''

رحیم خان، منی لال سے سونے کے سِکّے لیتے ہوئے کہتا ہے...

رحیم خان : ''شکریہ منی لال...تم بڑے رحمدل اور مہربان انسان ہو...جو اتنے کم سُود پر ضرورت مند لوگوں کی مدد کرتے ہو۔ اللہ تم کو جزائے خیر دے...!''

منی لال ہاتھ جوڑ کر ہنستا ہے...رحیم خان جانے لگتا ہے...

اُسی وقت منی لال کا دوست چرن داس وہاں آتا ہے۔

منی لال : '' آؤ...عزیز دوست چرن داس...آؤ...! آج اِس غریب کو کیسے یاد کیا...؟''

چرن داس : ”غریب... اور منی لال...!
تم بھی خوب مذاق کرتے ہو دوست... ہاہاہا...“
منی لال اور چرن داس قہقہہ لگاتے ہیں...

چرن داس : ”(سنجیدہ ہو کر) مَیں ایک مصیبت میں پھنس گیا ہوں منی لال... یہ میری زندگی اور عزّت کا سوال ہے...!“
منی لال : ”ایسا کیا ہو گیا دوست...؟ بتاؤ مَیں تمہاری کیا مدد کر سکتا ہوں...!“
چرن داس : ”مجھے ایک لاکھ سونے کے سِکّوں کی ضرورت ہے...“
منی لال : ”(حیرت سے) ایک لاکھ سونے کے سِکّے...؟ یہ تو بہت بڑی رقم ہے...!“
چرن داس : ”ہاں... لیکن میری عزّت اور زندگی سے زیادہ بڑی تو نہیں؟“
منی لال : ”اگر میرے پاس ہوتے... تو مَیں ابھی تمہیں سونے کے ایک لاکھ سِکّے دے دیتا دوست... لیکن فوراً اتنی بڑی رقم... صرف میرا بھائی 'دھنی لال' ہی دے سکتا ہے...“
چرن داس : ”معاف کرنا منی لال... سُنا ہے تمہارا بھائی دھنی لال تو ایک نمبر کا لالچی اور ظالم انسان ہے... وہ 10 فیصد سود پر قرض دیتا ہے...!“
منی لال : ”ہاں یہ سچ ہے... لیکن ضرورت پڑنے پر تو گدھے کو بھی باپ بنانا پڑتا ہے ... اگر تم ایک لاکھ سِکّے واپس کرنے کا کوئی مقررہ وقت بتا دو... تو مَیں اپنے بھائی دھنی لال سے بات کر سکتا ہوں...“
چرن داس : ”دیوالی کی رات سے پہلے... مَیں یہ رقم ہر حال میں واپس کر دوں گا منی لال...“
منی لال : ”ٹھیک ہے...!“

دوسرا منظر

دھنی لال زور سے قہقہہ لگاتا ہے...

ساہوکار دھنی لال کی دکان کے ایک بورڈ پر لکھا ہے...

''قرض لیں...سُود دیں صرف...10 فیصد''

منی لال ہاتھ جوڑے دھنی لال کے سامنے کھڑا ہے۔

چرن داس بھی منی لال کے پیچھے ہے...

دھنی لال : (طنزیہ انداز میں) ''ایک لاکھ سونے کے سِکّے...بطور قرض چاہیئے...؟ وہ بھی دیاوان، مہربان...میرے عظیم بھائی منی لال کو! ہاہاہا...''

منی لال : ''تم جو بھی کہہ لو بھائی دھنی لال...میرے دوست چرن داس پر بہت بُرا وقت آن پڑا ہے...اور مَیں اس کی مدد کرنا چاہتا ہوں...''

چرن داس، دھنی لال کو سلام کرتا ہے...

دھنی لال اُسے نظرانداز کر دیتا ہے...

دھنی لال : (طنزیہ انداز میں) ''ضرور کرو میرے بھائی! ضرور کرو...!! تم نے تو اپنی دولت لُٹا کر سب کی مدد کرنے کا ٹھیکہ لے رکھا ہے۔ اسی لئے تو آج یہ نوبت آ گئی...کہ صرف ایک لاکھ سِکّوں کے لئے تمہیں اپنے بھائی کے سامنے ہاتھ پھیلانا پڑا...''

منی لال : ''بُرے وقت میں انسان ہی انسان کے کام آتا ہے، دھنی لال...لیکن تم اِسے خالص کاروبار ہی سمجھو...مَیں ایک لاکھ پر 10 فیصد سُود دینے کو بھی تیار ہوں...''

دھنی لال : (غصّے سے) ''10 فیصد سُود تو ادا کرنا ہی پڑے گا منی لال...کیونکہ مَیں

تمہاری طرح مہان، دیاوان نہیں ہوں... تم نے تو 2 فیصد سُود پر قرض دینے کا سلسلہ چلا کر میرا کاروبار ہی چوپٹ کر دیا ہے... مَیں بہت غصّے میں ہوں... اگر قانون میرے ہاتھ میں ہوتا تو مَیں تمہارے ہاتھ کٹوا دیتا...!"

یہ کہتے ہی دھنی لال کے دماغ میں بجلی کی تیزی سے ایک خیال آتا ہے...

وہ شیطان کی طرح مسکرا کر کہتا ہے...

دھنی لال : "مَیں صرف ایک شرط پر تمہیں ایک لاکھ سونے کے سِکّے دے سکتا ہوں..."

منی لال : "مجھے ہر شرط قبول ہے دھنی لال..."

دھنی لال : "تو ٹھیک ہے... مَیں اپنے سُود کے 10 ہزار سِکّے پیشگی کاٹ کر...90 ہزار سِکّے ابھی دے دوں گا... لیکن یہ رقم تم واپس کب کرو گے؟"

منی لال : "دیوالی کی رات سے پہلے..."

دھنی لال : "یہ بھی ٹھیک ہے... لیکن ہمارے درمیان ایک تحریری معاہدہ ہوگا..."

منی لال : (حیرت سے) "تحریری معاہدہ...؟ وہ کس لئے بھائی...؟"

دھنی لال : "اس لئے کہ... قانون میری مُٹھی میں رہے... اور اگر تم وقت پر میرے پیسے نہیں لوٹا سکے... تو مجھے تمہارا دایاں ہاتھ کاٹ لینے کا قانونی حق ہوگا..."

منی لال : (حیرت سے) "کیا...؟ یہ کیا کہہ رہے ہو دھنی لال...؟؟ یہ تو بڑی ہی عجیب اور ظالم شرط ہے...! کیا تم پیسوں کے لئے اپنے بھائی کا ہاتھ کاٹ دو گے؟"

دھنی لال : (تلخی سے) "تم نے بھی تو کم سُود پر قرض دے دے کر... ایک طرح سے میرے ہاتھ کاٹ دیئے ہیں، منی لال... میری شرط منظور ہو تو بولو... ورنہ جا سکتے ہو...

منی لال بھونچکا سا چرن داس کو دیکھتا ہے...

چرن داس دوستانہ انداز میں منی لال کے کندھے پر ہاتھ رکھ کر کہتا ہے...

چرن داس : ''ممکن ہے کہ مَیں دھنی لال کا قرض دیوالی سے بہت پہلے ہی چکا دوں ...لیکن اپنی ضرورت کے لئے دوست کی زندگی داؤ پر نہیں لگا سکتا...''

منی لال : ''چرن داس...ایسا کچھ نہیں ہوگا دوست...مجھے تم پر یقین ہے... (دھنی لال سے) مجھے تمہاری شرط منظور ہے دھنی لال...''

دھنی لال : ''تو لے لو ایک لاکھ سونے کے سِکّے...! شاید مستقبل میں تم پھر کبھی...اپنے ہاتھوں سے دولت کا لین دین نہ کر سکو...!!''

دھنی لال شیطانی انداز میں قہقہہ لگاتا ہے...

دھنی لال : ''ہاہاہا...! آج آیا ہے اونٹ پہاڑ کے...!!''

تیسرا منظر

منی لال اپنی دکان میں بے چینی سے ٹہل رہا ہے...چرن داس کا انتظار کرتے ہوئے وہ بار بار باہر نکل کر دائیں بائیں دیکھتا ہے۔

مضطرب منی لال بڑبڑاتا ہے...

منی لال : ''سورج غروب ہوگیا...چرن داس ابھی تک آیا نہیں...؟''

اچانک اُسی وقت دھنی لال وہاں آجاتا ہے...

دھنی لال : ''تمہارا دوست اب آئے گا بھی نہیں...میرے بے وقوف بھائی...!''

دھنی لال کے پیچھے پیچھے 2 سپاہی بھی دکان میں آجاتے ہیں۔

دھنی لال : ''پیسہ بہت بُری چیز ہے منی لال...مَیں نے پہلے ہی اندازہ لگا لیا تھا کہ تمہارا دوست، ایک لاکھ سونے کے سکّوں جیسی بڑی رقم لے کر بھاگ جائے گا...''

منی لال : ''نہیں دھنی لال...میرا دوست ایسا نہیں ہے...وہ آتا ہی ہوگا...''

دھنی لال : ''تم ضرور اُس کے آنے کا انتظار کرو... دعا کرو... منی لال... لیکن مَیں یہاں انتظار کرنے نہیں آیا ہوں... یا تو میرا ایک لاکھ واپس دو... یا پھر اپنا ہاتھ کٹوانے کے لئے تیار ہو جاؤ...!''

منی لال : ''مجھے کچھ مہلت تو دو، دھنی لال... ابھی تو رات کا اندھیرا ابھی نہیں پھیلا...''

دھنی لال : ''اندھیرا تو اب تمہاری زندگی میں پھیلنے والا ہے... اسی لئے میں سرکاری سپاہیوں کو ساتھ لایا ہوں۔''

اُسی وقت بیربل جو کہ سپاہی کے بھیس میں ہے، کہتا ہے...

بیربل : ''دھنی لال... میرا خیال ہے... تمہیں اپنے بھائی کو کچھ وقت ضرور دینا چاہیے... ابھی رات شروع ہوئی ہے... ختم نہیں ہوئی...''

منی لال، بیربل کو پہچان لیتا ہے...

منی لال : ''ارے... بیربل جی... آپ...؟ اچھا ہوا آپ آ گئے... اب آپ ہی انصاف کریں۔''

دھنی لال : (حیرت سے دیکھ کر) ''بیربل جی...؟ تو کیا آپ میری جاسوسی کر رہے تھے...؟

بیربل : ''یہ جاسوسی نہیں... میرا فرض ہے... وزیرِ انصاف کا فرض ہے... معاہدے میں تمہاری عجیب سی شرط نے مجھے یہاں آنے پر مجبور کر دیا...''

اُسی لمحے چرن داس تیزی سے چلتا ہوا وہاں آتا ہے... سب کو دیکھتا ہے...

چرن داس : ''معافی چاہتا ہوں، منی لال... مجھے آنے میں تھوڑی دیر ہو گئی... مَیں دھنی لال کے ایک لاکھ سِکّے لے کر آیا ہوں، اُسے واپس کر دو۔''

دھنی لال : ''قرض چکانے کا وقت گزر گیا... اب مجھے ایک لاکھ سِکّے نہیں، منی لال کا ہاتھ چاہیے...''

بیربل : ''جب تمہارے قرض کی پوری رقم تمہیں واپس مِل رہی ہے... تو کیوں

اپنے بھائی کے ساتھ نا انصافی اور ظلم کرنا چاہتے ہو...؟''

دھنی لال : ''یہ ظلم نہیں، یہی انصاف ہے... میرے پاس قانونی کاغذات ہیں...''

بیربل : ''ٹھیک ہے دھنی لال... بات اگر انصاف اور قانون کی ہے... تو اِس کا فیصلہ شہنشاہ اکبر کے سامنے ہوگا۔ مَیں تم تینوں کو، کل شاہی دربار میں حاضر ہونے کا حکم دیتا ہوں۔''

چوتھا منظر

اکبر تختِ شاہی پر جلوہ افروز ہے...

دربار میں منی لال، دھنی لال، چرن داس اور دوسرے درباری موجود ہیں...

اکبر : ''منی لال اور دھنی لال... دونوں بھائیوں کا قصّہ مابدولت نے سُن لیا... ہماری نظر میں تو، منی لال بے قصور ہے...''

بیربل : ''لیکن ایک سازش کے تحت دھنی لال اپنے بھائی کو مجرم ثابت کر کے اُس کا ہاتھ کاٹ لینا چاہتا ہے... کیونکہ معاہدے پر منی لال کے دستخط ہیں...

اکبر : ''تو اِس مسئلے کا حل کیا ہے...؟ ہمارے وزیر کچھ مشورہ دیں...!

تمام وزیر، درباری آپس میں صلاح مشورہ اور چہ میگوئیاں کرنے لگتے ہیں... لیکن کوئی کچھ کہتا نہیں...

بیربل : ''ظلِّ الٰہی...! اگر اجازت ہو تو مَیں اپنی تجویز پیش کروں...''

اکبر : ''ہاں... ہاں... بیربل... کیوں نہیں... شاید سب اِسی انتظار میں ہیں...''

بیربل : ''حضور... میری رائے ہے کہ دھنی لال کو منی لال کا ہاتھ کاٹ لینا چاہیے۔

سب کا حیران کن ردِعمل...

دھنی لال خوش ہوتا ہے...

اکبر : (حیران ہو کر) ''یہ کیسی تجویز ہے بیربل؟ ایک کے ساتھ انصاف اور

دوسرے کے ساتھ ناانصافی...!"

بیربل : "اِس تجویز کی ایک شرط بھی ہے حضور... دھنی لال اپنے بھائی کا ہاتھ کاٹ تو سکتا ہے... لیکن شرط یہ ہے کہ دربار کے فرش پر خون کا ایک قطرہ بھی نہ گِرے... اگر دربار کا فرش خراب ہوا... تو دھنی لال پر 5 لاکھ سِکّے جرمانہ ہوگا۔"

یہ سُن کر دھنی لال گھبرا جاتا ہے...

دھنی لال : "یہ کیسے ہوسکتا ہے...؟ یہ تو بڑی عجیب سی شرط ہے...!"

بیربل : "یہ شرط بالکل ویسی ہی ہے دھنی لال، جیسی تمہاری شرط تھی۔"

دھنی لال : "نہیں... نہیں... میَں اپنی شرط واپس لیتا ہوں... مجھے منی لال کا ہاتھ نہیں کاٹنا... مجھے بس میرے ایک لاکھ واپس دِلوادیں۔"

اکبر : "نہیں...! تمہاری سزا یہ ہے کہ وہ ایک لاکھ اب تمہیں واپس نہیں مِل سکتے... وہ رقم اب منی لال کو بطور ہرجانہ دی جائے گی... اور یہ بھی حکم دیا جاتا ہے کہ اب اگر تم نے کبھی کسی انسان کو سُود کے جال میں پھنسایا... تو تمہارے ہاتھ کاٹ دیئے جائیں گے۔"

دھنی لال گھبرا کر ہاتھ جوڑ دیتا ہے...

حاضرین خوشی سے نعرے بُلند کرتے ہیں...

منی لال : (خوشی سے) "شہنشاہ اکبر...!"

درباری : "سلامت رہیں...!"

منی لال : "وزیرِ انصاف، بیربل...!"

حاضرین : "زندہ باد...!"

نویں کہانی

سب سے بڑا بیوقوف...

پہلا منظر

اکبر شاہی باغ میں گُلاب کا پھول سُونگھتے ہوئے چہل قدمی کر رہا ہے...

بیربل آتا ہے...

بیربل : ''بیربل حاضر ہے ظلِّ الٰہی...''

اکبر : ''آؤ بیربل...! ہم سوچ رہے تھے...دُنیا میں عقل سے کورے، احمق، بے وقوف لوگ آخر زندگی کیسے گزارتے ہیں؟''

بیربل : ''دوسرے انسانوں کی حماقتوں اور بیوقوفی سے حضور...''

اکبر : (حیرت سے) ''کیا مطلب ہے تمہارا...؟''

بیربل : ''مطلب یہ حضور...کہ احمق سے احمق انسان بھی اپنے لئے چار پیسے تو کما ہی لیتا ہے...لیکن کبھی کبھی اچھا بھلا اور ذہین انسان بھی ایسی احمقانہ باتیں اور کام کرتا ہے کہ بیوقوفوں کو بھی ہنسی آجائے...''

اکبر : ''اچھا...؟ تو بیربل، تم ایک فہرست تیار کرو ایسے لوگوں کی...جو بے وقوف لگتے تو نہیں لیکن ہیں انتہائی درجے کے بیوقوف...! کیا تم سمجھ گئے...؟''

بیربل : ''جی بادشاہ سلامت...اب مَیں اتنا بھی بیوقوف نہیں ہوں...!''

اکبر، بیربل دونوں قہقہہ لگاتے ہیں...

اکبر : ''ہماری طرف سے اعلان کر دو بیربل...جو سب سے بڑا احمق ثابت ہو گا...اُسے دس ہزار سونے کے سِکّے انعام میں دیئے جائیں گے۔''

بیربل : ''اِس طرح کا کوئی اعلان نہ کریں، بادشاہ سلامت...''

اکبر : ''کیوں بیربل...؟''

بیربل : '' کیونکہ انعام کے لالچ میں اچھے خاصے سمجھدار لوگ بھی اپنے آپ کو بےوقوف ثابت کرنے کی قطار میں لگ جائیں گے...''

اکبر : ''ہاں... یہ تو سچ ہے بیربل... لیکن پھر سب سے بڑا بیوقوف مِلے گا کیسے؟''

بیربل : '' مَیں کوئی ترکیب سوچتا ہوں...''

دوسرا منظر

اکبر اور بیربل غریبوں جیسا بھیس بنا کر سڑک پر چل رہے ہیں...

اُسی وقت سامنے سے ایک آدمی آتا ہے...

بیربل : (آدمی سے) ''سُنو بھائی ! ہم ایک بیوقوف انسان کی تلاش میں ہیں...''

اکبر : ''کیا تم کسی احمق کو جانتے ہو؟''

آدمی : (حیرت سے) ''احمق انسان کو ڈھونڈنے کی کیا ضرورت ہے؟ (ہنستے ہوئے) مجھے تو تم دونوں ہی سب سے بڑے بےوقوف لگتے ہو...!''

وہ آدمی ہنستا ہوا آگے بڑھ جاتا ہے...

اکبر اور بیربل حیرت سے ایک دوسرے کا مُنہ تکنے لگتے ہیں...

دونوں آگے بڑھتے ہیں تو ایک نوجوان لڑکا روتا ہوا مِلتا ہے...

اکبر : ''کیا ہوا نوجوان... تم رو کیوں رہے ہو...؟''

لڑکا : ''اب کیا بتاؤں... !مَیں نے اپنی پالتو بلّی کو پانی میں ڈبو دیا اور وہ مرگئی...''

بیربل : '' بلّی کو پانی میں ڈباؤ گے... تو وہ مر ہی جائے گی نا...''

لڑکا : ''بلّی پانی میں ڈوبانے سے تھوڑی مری ہے...''

اکبر : (حیرت سے) ''اچھّا...؟ پھر کیسے مرگئی...''

لڑکا : ''میَں بلّی کو پانی سے نکال کر نچوڑ رہا تھا...''

اکبر اور بیربل ایک دوسرے کو حیرت سے دیکھ کر آگے بڑھ جاتے ہیں...

اکبر : ''یہ لڑکا تو بہت بڑا والا بے وقوف ہے...''

بیربل : ''جی حضور... میَں اس کا نام احمقوں کی فہرست میں لکھ لوں گا...''

اُسی وقت وہاں ایک بوڑھا آدمی وہاں آ کر اکبر سے کہتا ہے۔

بوڑھا : (اکبر سے) ''اے بیٹا... ذرا سنو تو... کیا ہم شکل سے بے وقوف لگتے ہیں...؟''

اکبر : ''نہیں تو...!''

بیربل : ''(بوڑھے سے) وہ کون احمق ہے جو تمہیں احمق کہتا ہے؟''

بوڑھا آدمی : ''میرے گھر والے... وہ دیکھو... وہ تینوں اِسی طرف آ رہے ہیں...''

اُسی وقت وہاں ایک مرد، ایک عورت اور ایک بچّہ آتے ہیں...

بوڑھا : (اکبر سے) ''اب تم ہی بتاؤ بیٹا... یہ کتنے لوگ ہیں؟''

اکبر : (گنتی کرتا ہے) ''ایک... دو... تین...!''

بوڑھا آدمی: ''یہی تو ہم بھی کہہ رہے ہیں... (گنتی کرتا ہے) ایک... دو... تین...! تو پھر چوتھا آدمی کہاں گیا...؟ گھر سے تو ہم چار نکلے تھے...!''

بچّہ : ''بار بار گِنتی کر کے دیکھ لیا... صرف تین ہی مِلتے ہیں... چوتھا کہاں گیا...؟''

بیربل : (عورت سے) ''بہن! تم گِنتی کر کے دیکھو...''

اکبر : ''ہاں... ہاں... دیکھو... ہو سکتا ہے تمہارے خاندان کا چوتھا آدمی مل جائے...''

عورت اپنے شوہر، بوڑھے باپ اور بچّے کو گِنتی ہے...

عورت : (گنتے ہوئے) ''ایک...دو...تین...! یا اللہ ہمارے خاندان کا چوتھا آدمی کہاں کھو گیا!''

اکبر، بیربل حیرت سے ایک دوسرے کو دیکھ کر آگے بڑھ جاتے ہیں...

اکبر : ''یہ تو پورا خاندان ہی اوّل درجے کا بیوقوف ہے...''

بیربل : (ہنستے ہوئے) ''سچ کہا حضور...لگتا ہے بیوقوفی کا انعام یہی خاندان لے جائے گا۔''

اکبر اور بیربل ہنستے ہوئے آگے بڑھ جاتے ہیں...

ایک سوداگر 2 گھوڑوں کے ساتھ کھڑا ہے...اعلان کر رہا ہے...

سوداگر : ''گھوڑے لے لو گھوڑے...گھوڑے لے لو گھوڑے...! عربی...چینی گھوڑے...ایرانی...طوفانی گھوڑے...کالے سفید گھوڑے لے لو...!!''

اکبر : ''تم عجیب سوداگر ہو...! گھوڑے بیچ رہے ہو یا مونگ پھلی...؟''

بیربل : ''یہ سوداگر تو احمقوں کا سردار لگتا ہے...''

سوداگر : (ہنستے ہوئے) ارے بھائی! یہ دنیا تو احمقوں سے بھری پڑی ہے...ہر انسان دوسرے انسان کو بیوقوف سمجھتا ہے...''

اکبر : ''باتیں تو بہت سمجھداری اور ذہانت کی کر رہے ہو...پھر یہ احمقانہ حرکت کیوں...؟''

سوداگر : ''سوداگر چالاکی نہ کرے، تو بھوکا ہی مر جائے...مَیں احمقانہ حرکتیں کرتا ہوں اور میرے گھوڑے بِک جاتے ہیں...''

اکبر اور بیربل حیرت سے ایک دوسرے کو دیکھتے ہیں...

اکبر : ''اچھّا...! اِن دو گھوڑوں کی کیا قیمت ہے...؟''

سوداگر : ''ارے بھائی! یہ گھوڑے ہیں...مونگ پھلی نہیں...جسے آپ جیسا غریب آدمی خرید لے۔''

اکبر کو غصہ آتا ہے اور وہ اپنی اصلی شکل میں آجاتا ہے...

اکبر : ''خاموش...گستاخ...! ہم شہنشاہ اکبر ہیں...!!سپاہیو...گرفتار کرلو...اِس سوداگر کو...''

فوری طور پر چند سپاہی وہاں آجاتے ہیں...

(تاجر خوف سے کانپتا ہوا اکبر کے قدموں میں گر جاتا ہے...

سوداگر : ''معافی...بادشاہ سلامت...معافی...مَیں آپ کو پہچان نہیں سکا...''

اکبر : ''تمہیں اس گُستاخی کی بہت سخت سزا مِلے گی، سوداگر...''

سوداگر : (اُٹھ کر ہاتھ جوڑتا ہے) رحم...حضور...رحم...! معاف کردیں شہنشاہ، مَیں پردیسی ہوں...''

بیربل : ''معاف کیجئے جہاں پناہ... یہ بیچارا بے قصور ہے...آپ کو اِس بدلے ہوئے روپ میں دیکھ کر تو ملکہ عالیہ بھی پہچان نہ پاتیں...''

اکبر : ''تو پھر اِسے کیا سزا دی جائے؟''

بیربل :'' کچھ نہیں حضور... یہ پردیسی سوداگر ہمارا مہمان ہے...دو چار اچھے گھوڑے خرید کر اِسے چھوڑ دیا جائے...ایسی ہی عظمت کسی شہنشاہ کے شایانِ شان ہوتی ہے...''

اکبر : ''ٹھیک ہے بیربل...!''

تاجر خوشی سے اکبر کے سامنے احتراماً جھک کر سلام کرتا ہے...

اکبر : ''سوداگر...!تمہارے پاس اعلیٰ قسم کے کتنے گھوڑے ہیں...؟''

سوداگر : ''بے شمار ہیں شہنشاہ...اگر آپ شاہی خزانے سے پیشگی رقم دِلوادیں...تو اپنے ملک جاکر حکم کے مطابق گھوڑے لے آؤں گا...''

اکبر : ''ٹھیک ہے... کل شاہی دربار میں آکر پچاس ہزار سونے کے سِکّے لے جانا...''

بیر بل حیرت سے اکبر کی طرف دیکھتا ہے...

سوداگر : ''بڑی مہربانی حضور... جیسا سُنا تھا... ویسے ہی عظیم اور مہربان بادشاہ ہیں آپ!''

تاجر خوش ہوکر اکبر کو فرشی سلام کرتا ہے...

تیسرا منظر

اکبر تختِ شاہی پر بیٹھا ہے...

دربار میں بیر بل، سوداگر، کچھ نورتن اور دیگر درباری موجود ہیں...

اکبر : ''بیر بل...! کیا احمقوں کی فہرست تیار ہو چکی ہے؟''

بیر بل : ''جی ہاں بادشاہ سلامت...''

اکبر : ''بہت خوب...! تو سب سے بڑا احمق کون ہے...؟ ہم اُسے دس ہزار سونے کے سِکّے انعام دیں گے...!''

بیر بل : ''گُستاخی معاف ظلِّ الٰہی...! کچھ کہنے سے پہلے مَیں اپنی جان کی امان چاہتا ہوں۔''

اکبر : ''بے خوف ہوکر بولو بیر بل... تم پر کوئی آنچ نہیں آئے گی...''

بیر بل : ''معاف کیجئے حضور... احمقوں کی فہرست میں آپ کا نام سب سے اوپر اور اوّل ہے...''

حاضرین کا حیران کن ردِّ عمل... سب اکبر کو خوفزدہ ہوکر دیکھتے ہیں...

اکبر : (غصے سے) ”بیربل...! یہ کیا گستاخی ہے...؟ تم شہنشاہ کی توہین کر رہے ہو...!“

بیربل : ”نہیں حضور... معافی چاہتا ہوں...! مَیں تو صرف آپ کے حکم کی تعمیل کر رہا ہوں...“

اکبر : ”حکم کی تعمیل کا مطلب یہ نہیں کہ تم ہمیں بے وقوف کہنے کی جرأت، جسارت کرو...“

بیربل : ”جہاں پناہ... آج آپ نے گھوڑوں کے سوداگر کو پیشگی رقم دینے کے لئے یہاں بلایا ہے... جبکہ آپ نہیں جانتے کہ وہ کون ہے...؟ کہاں سے آیا ہے...؟ سوداگر ہے بھی یا نہیں...! 50 ہزار سونے کے سِکّوں جیسی بڑی رقم لے کر واپس آئے گا بھی کہ نہیں...؟ ایک انجان پردیسی پر اندھا اعتماد کر کے آپ نے اپنی حماقت کا ثبوت دیا ہے...“

اکبر : (پرسکون انداز میں) ”تم ٹھیک کہتے ہو بیربل... ہم ابھی اعلان کرتے ہیں کہ اِس سوداگر کو شاہی خزانے سے ایک سِکّہ بھی پیشگی نہ دیا جائے۔“

سوداگر پریشان نظر آتا ہے...

بیربل : ”شکریہ حضور... اب میں احمقوں کی فہرست سے آپ کا نام نکال دیتا ہوں...“

اکبر : ”تو اب سب سے بڑا احمق کون ہے؟ ہم اُسے انعام دیں گے...!“

بیربل : ”وہ انعام مجھے دیں حضور... آپ کے بعد سب سے بڑا احمق مَیں ہوں...!“

سب ہنسنے لگتے ہیں... اکبر بھی ہنستا ہے...

اکبر : (ہنستے ہوئے) ”یہ کیا کہہ رہے ہو بیربل...؟ سب سے بڑے بے وقوف، اور تم...؟“

بیربل : ''جی ہاں ظلِّ الٰہی...! آپ نے ایک احمقانہ تجویز پیش کی ... اور مَیں اتنا بڑا احمق ہوں کہ سوچے سمجھے بغیر حماقت کے اِس کام میں آپ کے ساتھ لگ گیا...اِس لئے حماقت کے انعام کا سب سے پہلا حقدار مَیں ہی ہوں...''

اکبر : ''بیربل...تم سب سے بڑے احمق نہیں، تم سب سے بڑے چالاک ہو...تم نے بڑی چالاکی سے خودکو بے وقوف ثابت کر کے، دس ہزار سونے کے سِکّوں کا انعام اپنے نام کرلیا ہے۔''

اکبر کے اشارے پر ایک خادم
بیربل کو سِکّوں کی تھیلی دیتا ہے...
سب خوشی سے نعرے لگاتے ہیں...

تمام وزیر : (خوشی سے) ''شہنشاہ اکبر...!''

درباری : ''سلامت رہیں...!''

بیربل : ''شہنشاہ اکبر!''

درباری : ''زندہ باد...!''

دسویں کہانی

پانچوں اُنگلیاں گھی میں...

پہلا منظر

نندو سوداگر کی دکان کے بورڈ پر لکھا ہے

''نندو خالص گھی والا''

دکان میں نندو میز کے پاس کھڑا ہے۔مٹّی اور چاندی کے کچھ برتن میز پر رکھے ہوئے ہیں۔نندو چمچ سے،ایک برتن سے گھی نکال کر دوسرے برتن میں ڈالتا ہے۔

اُسی وقت ایک عورت ہاتھ میں ایک خالی برتن لئے وہاں آتی ہے۔

عورت : ''نندو بھیا...ایک کلو گھی دے دو...''

نندو : ''ہاں ہاں...بہن...! کیوں نہیں...''

نندو برتن لے کر، اس میں گھی ڈال کر عورت کو دیتا ہے۔عورت چاندی کے سِکّوں کی تھیلی نندو کو دیتی ہے...

عورت : ''گن لو نندو بھیّا... چاندی کے پورے 20 سِکّے ہیں... ہمارا تمہارا حساب برابر...''

عورت گھی کا برتن لے کر چلی جاتی ہے...

نندو سِکّوں کی تھیلی کھول کر چاندی کے سِکّے گِننے لگتا ہے۔

اُسی لمحے غریبوں جیسی خراب حالت میں، پھٹے حال چندو سوداگر وہاں آتا ہے...

چندو : ''نندو بھیّا... پرنام...''

نندو : ”پرنام چندو... پرنام... کہو، آج اس غریب کو کیسے یاد کرلیا...؟“

چندو : ”تم کاہے کے غریب نندو بھیّا... غریب تو میَں ہو گیا ہوں... دیکھ رہا ہوں... تمہارا کاروبار تو خوب چل پڑا ہے...“

نندو : ”ایشور کی کِرپا ہے چندو... لیکن تمہارا یہ حال کیسے ہوگیا...؟“

چندو : ”اب کیا بتاؤں نندو بھائی... میری حالت تو پھٹے ہوئے دودھ جیسی ہو گئی ہے... گھی کی دکان بھی بِک گئی... گھر میں نہ گائے ہے، نہ کوئی کام دھندہ... دو وقت کی روٹی کے بھی لالے پڑ گئے ہیں...“

نندو : (افسوس سے) ”ارے... رے...! یہ تو بہت بُرا ہوا... ایشور دیا کرے... خیر... اب یہ بتاؤ میَں تمہاری کیا مدد کرسکتا ہوں...؟“

چندو : ”میَں نئے سِرے سے خالص گھی کا کاروبار دوبارہ شروع کرنا چاہتا ہوں... تم قرض کے طور پر کچھ رقم دے دو... تو شاید میرا کاروبار بحال ہو جائے...“

نندو : ”ہاں ہاں... چندو... کیوں نہیں...! تم سوداگر بھائی ہو، تمہاری مدد میرا فرض ہے۔ بتاؤ کتنے پیسوں میں تمہارا کام ہوجائے گا...؟“

چندو : (ہچکچاتے ہوئے) ”کم از کم ایک ہزار سونے کے سِکّے مِل جاتے تو...؟“

نندو : (چونک کر) ”ایک ہزار سونے کے سِکّے...! اتنی بڑی رقم فی الحال تو نہیں ہے میرے پاس... شاید 700 ہوں گے...“

چندو : (مایوسی سے) ”تو 700 ہی دے دو...“

نندو : ”نہیں... نہیں... تم مایوس مت ہو چندو... یہیں ٹھہرو... میں کچھ انتظام کرتا ہوں...“

نندو دکان کے اندر جاتا ہے...

چندو کشمکش میں باہر کھڑا بے چینی سے نندو کی واپسی کا انتظار کرتا ہے...

بالآخر نندو سونے کے سِکّوں کی 2 تھیلیاں لے کر دکان سے باہر نکلتا ہے...

نندو : ''یہ لو چندو...! تمہارا کام ہو گیا...''

چندو سونے کے سِکّوں کی تھیلیاں دیکھ کر خوش ہو جاتا ہے...

نندو : ''جوڑ بٹور کر سونے کے ایک ہزار سِکّے پورے ہو گئے... تم لے جاؤ...!''

چندو : ''(بہت خوشی سے) تم بڑے دِل والے ہو... مہان ہو، نندو بھائی... مَیں تمہارا یہ احسان کبھی نہیں بھولوں گا...''

نندو : ''احسان کیسا چندو...؟ تمہیں قرض چاہیے تھا، مَیں نے دے دیا... اب تم اپنی سہولت سے یہ قرض واپس کر دینا...''

چندو : ''ہاں ہاں... ضرور... مَیں ہمیشہ یاد رکھوں گا... کہ تم نے بُرے وقت میں میرا ساتھ دیا...''

چندو خوشی خوشی سونے کے سِکّوں کی دونوں تھیلیاں لے جاتا ہے...

دوسرا منظر

تین ماہ بعد...

چندو سوداگر کی دکان کے بورڈ پر لکھا ہے

''چندو خالص گھی والا''

دکان میں چندو میز کے پاس کھڑا ہے۔ مِٹّی اور چاندی کے کچھ برتن میز پر رکھے ہوئے ہیں۔

چندو ایک گاہک کو گھی کا برتن دیتا ہے۔ گاہک آدمی برتن لے کر جاتا ہے۔ چندو چاندی کے سِکّے گِننے لگتا ہے...

اُسی لمحے غریبوں جیسی خراب حالت میں، پھٹے حال نندو سوداگر وہاں آتا ہے...

چندو اسے پہچان نہیں پاتا... کہتا ہے...

چندو : ''اے... چلو ہٹو... آ جاتے ہیں صبح صبح بھیک مانگنے ... بھکاری کہیں کے...!''

نندو : (حیرت سے) ''ارے چندو... پہچانا نہیں... مَیں کوئی بھکاری نہیں... نندو ہوں... نندو...''

چندو : (سوچتے ہوئے) ''نندو... کون نندو...؟ مَیں کسی نندو بھکاری کو نہیں جانتا...!''

نندو :(سمجھاتے ہوئے) ''ارے مَیں بھکاری نہیں... بیوپاری، سوداگر نندو ہوں... گھی کا کاروبار ہے میرا...''

چندو : ''اچھّا...؟ ہاں یاد آیا... خالص گھی والا نندو... لیکن وہ تو بہت امیر، بڑا دولت مند ہے...''

نندو : امیر ہے نہیں، تھا...! وقت کا پہیہ ایسا اُلٹا گھوما کہ مَیں برباد ہوگیا۔''

چندو : (تلخی سے) ''ٹھیک ہے... ٹھیک ہے... لیکن صبح صبح یہاں کیوں آ گئے...؟''

نندو : ''کیا تم بھول گئے چندو؟ مَیں نے تمہیں ایک ہزار سونے کے سِکّے قرض دیئے تھے...؟''

چندو : (مذاق اُڑاتے ہوئے) ایک ہزار سونے کے سِکّے...؟ ہونہہ...! یہ منہ اور مسور کی دال... صبح صبح بیوقوف بنانے کے لئے مَیں ہی مِلا کیا؟''

نندو : (سخت حیرانی سے) یہ تم کیا کہہ رہے ہو چندو...! تمہاری مدد کرنے کے لئے... مَیں نے اپنے گھر کا ایک ایک سِکّہ جوڑ کر تمہیں ہزار سِکّے دیئے تھے۔''

چندو : (مذاق اُڑاتے ہوئے) ''تم شکل سے ہی بھکاری لگ رہے ہو... کون

یقین کرے گا تمہاری بات کا ...؟ ایک ہزار سونے کے سِکّے...! ہونہہ...اچھا مذاق ہے...!''

نندو : ''چندو...! تم اچھی طرح جانتے ہو کہ یہ کوئی مذاق نہیں ... حقیقت ہے...لیکن ایسا لگتا ہے کہ اب تمہاری نیّت خراب ہوگئی ہے۔تم مجھ سے لیا گیا قرض واپس نہیں کرنا چاہتے...''

چندو : ''تم مجھ پر جھوٹا الزام لگا رہے ہو؟میَں وزیرِ انصاف سے تمہاری شکایت کردوں گا۔''

نندو : ''ضرور کرو... لیکن اب میَں بھی خاموش نہیں بیٹھوں گا... ناانصافی تو میرے ساتھ ہوئی ہے... وزیرِ انصاف سے انصاف کی مانگ،تم سے پہلے میَں کروں گا...!

تیسرا منظر

پریشان نندو اپنے ساتھ ہوئے فریب کا واقعہ بیربل سے بیان کرتا ہے... بیربل غور سے نندو کی بات سُنتا ہے...

نندو : ''بیربل جناب! اب آپ ہی کر سکتے ہیں... دودھ کا دودھ... پانی کا پانی!''

بیربل : ''تم فکر مت کرو نندو... جب گھی سیدھی اُنگلی سے نہیں نکلتا...تو اُنگلی ٹیڑھی کرنی پڑتی ہے۔اگر تم سچّے ہو،تو تمہیں انصاف ضرور ملے گا۔''

نندو : ''شکریہ...!''

بیربل : ''ویسے...اتفاق سے تم بہت اچھے وقت پر آئے ہو...کل ایک مسئلہ کے حل کے لئے شہنشاہ اکبر نے...خالص گھی کے تمام تاجروں کو شاہی دربار میں بلایا ہے...تم بھی ضرور آنا!''

چوتھا منظر

اکبر تختِ شاہی پر جلوہ افروز ہے...

دربار میں بیربل، نندو... چندو... دوسرے سوداگر، کچھ نورتن اور درباری موجود ہیں...

بیربل : ''بادشاہ سلامت! آپ کے حکم کے مطابق... ریاست میں خالص گھی کی تجارت کرنے والے تمام تاجر دربار میں موجود ہیں...

اکبر : ''مابدولت کو خبر ملی ہے کہ آگرہ سے درآمد شدہ خالص گھی میں غیر معیاری گھی کی ملاوٹ ہے۔ آپ سب کو اسی لئے بلایا گیا ہے... کہ اصلی، نقلی کی جانچ پرکھ کریں۔ یہ نہ صرف شاہی خاندان... بلکہ رعایا کی صحت کا سوال ہے، فیصلہ سوچ سمجھ کر کرنا ہوگا!''

نندو : ''جی بادشاہ سلامت... ہم پوری ایمانداری سے تحقیقات کریں گے...''

ایک تاجر : ''حضور... ہم یہ بھی بتادیں گے کہ گھی کتنا خالص اور کتنا نقلی ہے...''

چندو : ''ہم شہنشاہ کو شکایت کا موقع نہیں دیں گے...''

اکبر : ''تو ٹھیک ہے...(بیربل سے) بیربل... اِن سوداگروں سے کام لینا اب تمہاری ذمہ داری ہے...''

بیربل : ''جی حضور...!''

پانچواں منظر

ایک میز پر چاندی کے آٹھ، دس بڑے برتن رکھے ہوئے ہیں... تمام برتن ایک ہی سائز کے ہیں...

بیربل ایک ڈبے سے آخری برتن میں خالص گھی بھرتا ہے...

بیربل : ''سوداگروں کے لئے تمام برتنوں میں خالص گھی تو بھر دیا گیا... اب ہر

برتن میں سونے کے دس، دس سِکّے بھی ڈال دیتا ہوں…"

بیربل میز پر رکھی پلیٹ سے سونے کے سِکّے اٹھاتا ہے… گھی کے ہر برتن میں 10 سِکّے ڈالتا ہے…

بیربل : (ہنستے ہوئے) "اِسے کہتے ہیں ایک پنتھ… دو کاج… شہنشاہ کے حکم سے خالص گھی کی آزمائش بھی ہو جائے گی اور یہ بھی پتہ چل جائے گا… کہ نندو اور چندو میں سے کون سچّا ہے اور کون جھوٹا!

بیربل تالی بجا کر اشارہ کرتا ہے…

ایک سپاہی فوراً اندر آتا ہے…

بیربل : "گھی کے سوداگروں کو حکم دو کہ وہ سبھی یہاں آ کر ایک ایک برتن لے جائیں…"

سپاہی احترام سے 'ہاں' میں سر ہِلا کر واپس چلا جاتا ہے۔

چھٹا منظر

اپنے گھر میں، نندو چاندی کے برتن سے سارا گھی ایک بڑے برتن میں ڈالتا ہے…

سونے کے سِکّوں کی کھنک سُنائی دیتی ہے…

نندو چونک کر غور سے دیکھتا ہے۔ گھی میں پڑے سونے کے سِکّے چمکتے نظر آتے ہیں…

نندو : (حیرت سے) خالص گھی میں سونے کے سِکّے…؟ یہ کیسے ممکن ہے…؟ لگتا ہے اِس گھی میں واقعی مِلاوٹ کی گئی ہے… اور گھی بیچنے والا سوداگر رشوت دے کر بادشاہ کو دھوکہ دینا چاہتا ہے…!"

ساتواں منظر

چندو سوداگر بھی اپنے گھر میں، چاندی کے برتن سے سارا گھی ایک بڑے برتن میں ڈالتا ہے... سونے کے سِکّوں کی کھنک سُنائی دیتی ہے...

چندو چونک کر غور سے دیکھتا ہے۔ گھی میں پڑے سونے کے سِکّے چمکتے نظر آتے ہیں...

چندو : (حیرت سے) ''خالص گھی میں سونے کے سِکّے...؟ یہ کیا ماجرا ہے...!

چندو گھی میں سے سونے کے سِکّے نکالتا ہے...

چندو : (خوش ہوکر) یہ تو پورے دس سونے کے سِکّے ہیں... لگتا ہے قسمت مجھ پر مہربان ہے... کام سے پہلے ہی انعام مِل گیا...!''

آٹھواں منظر

دربار میں بیربل آگے بڑھ کر اکبر بادشاہ سے کہتا ہے...

بیربل : ''شہنشاہ سلامت رہیں! تمام مشہور تاجروں نے خالص گھی کی جانچ پڑتال کے بعد اپنا فیصلہ سنادیا ہے حضور...''

اکبر : ''تو نتیجہ کیا نکلا، بیربل...؟''

بیربل : ''حضور... سب نے تقریباً ایک ہی بات کہی ہے... کہ گھی صرف 80 فیصد خالص ہے... اور اس میں 20 فیصد ملاوٹ ہے...''

اکبر : ''اس کا مطلب ہے... خالص گھی میں ملاوٹ کرنے والے تاجر بڑی ہوشیاری سے کام کررہے ہیں... اسی لئے عام لوگ اصلی اور نقلی میں فرق نہیں سمجھ پاتے... مابدولت حکم دیتے ہیں کہ قصوروار تاجروں کا سارا مال ضبط کر کے پھینک دیا جائے۔ اور آئندہ ان سے کوئی سودا، یا کاروبار نہ کیا جائے...!''

بیربل : ''جو حکم جہاں پناہ...! لیکن اِس کے ساتھ ہی... مَیں چاہتا ہوں کہ یہاں موجود ایک اور مجرم کا فیصلہ بھی آپ کریں...''

اکبر : ''ایک اور مجرم...؟ وہ کون ہے...؟''

بیربل : (آواز دیتا ہے) ''نندو سوداگر...!''

یہ سُن کر نندو ڈر جاتا ہے... حیرت میں پڑ جاتا ہے... جبکہ چندو خوش ہوتا ہے... نندو کو حقارت سے دیکھتا ہے۔

نندو خوف سے کانپتا، آہستہ آہستہ چلتا ہوا اکبر کے سامنے آتا ہے۔

اکبر : ''اس کا کیا قصور ہے؟''

بیربل : ''اس کا قصور یہ ہے حضور... کہ یہ بڑا ہی نیک اور معصوم انسان ہے... دوسروں کے دُکھ درد میں کام آتا ہے... ہر کسی پر بھروسہ کرلیتا ہے...''

اکبر : ''یہ تو کوئی قصور یا جرم نہیں... یہ تو خوبی ہے... اچھائی ہے...''

بیربل : ''نیکی اور بھلائی کی اِسے بڑی بھاری قیمت چکانی پڑی ہے حضور... اِس نے ایک بے ایمان اور دھوکے باز انسان کو ایک ہزار سونے کے سِکّے بطور قرض دیئے تھے... لیکن اب وہ احسان فراموش قرضدار اِس کا قرض واپس نہیں کرنا چاہتا...''

اکبر : ''کون ہے وہ دھوکے باز...؟ گرفتار کرلو اُسے...''

بیربل اشارہ کرتا ہے...

سپاہی چندو کو پکڑ کر اکبر کے سامنے لاتے ہیں۔

چندو : ''حضور... مَیں نے کسی سے کوئی قرض نہیں لیا... نندو مجھ پر جھوٹا الزام لگا رہا ہے... مَیں نے تو وزیرِ انصاف سے اس کی شکایت بھی کی تھی...''

اکبر تذبذب میں پڑ جاتا ہے...

بیربل : ''جہاں پناہ...جو انسان سونے کے صرف دس سکّوں کے لئے شہنشاہ تک کو دھوکہ دینے پر آمادہ ہوسکتا ہے...ایسا لالچی انسان ایک ہزار سکّوں کے لئے تو کچھ بھی کرسکتا ہے...''

اکبر : ''(اُلجھن میں) اب یہ دس سکّے کہاں سے آگئے بیربل...؟''

بیربل : '' معافی چاہتا ہوں حضور... جب مَیں نے خالص گھی کی جانچ کے لئے برتن دیئے تھے۔تب ہر برتن میں سونے کے دس سکّے بھی ڈال دیئے تھے...جانچ پڑتال کے بعد ہر سوداگر نے گھی کے برتن کے ساتھ وہ دس سکّے بھی ایمانداری سے لوٹا دیئے...نندو نے بھی...صرف ایک سوداگر... اِس چندو نے وہ دس سکّے واپس نہیں کئے...''

اکبر : '' ہم سمجھ گئے بیربل... بے شک اس لالچی، دھوکے باز کو سزا ملنی چاہیے...ہمارا حکم ہے کہ اب وہ نندو کو 2 ہزار سونے کے سکّے واپس کرے... اِنکار کی صورت میں اِسے گرفتار کر کے قید خانے میں ڈال دیا جائے!''

چندو رونے لگتا ہے...سپاہی چندو کو پکڑ لیتے ہیں...

نندو...اکبر کو فرشی سلام کرتا ہے...

نندو : (خوشی سے) ''سمراٹ اکبر...!''

درباری : ''سلامت رہیں...!''

گیارہویں کہانی

بیربل کا جادوئی گدھا...

پہلا منظر

رات کا وقت...

مُغلیہ سلطنت کے وزیروں کے محلات کا خاص علاقہ 'وزیر محل'...

چاروں سِمتوں پر تعینات دربان اپنی اپنی جانب کا صدر دروازہ بند کرتے ہیں...

دوسرا منظر

'وزیر محل' کا ایک وزیر صابر خان اپنے محل میں سونے کے سکّے گِن رہا ہے...سکّوں کے ڈھیر میں ایک سکّہ ڈال کر کہتا ہے...

صابر : یہ ہو گئے پورے ایک ہزار سونے کے سکّے...!

صابر سکّوں کو کپڑے کی لال تھیلی میں رکھ کر بند کرتا ہے...اور تجوری میں رکھی دوسری لال تھیلیوں کے ساتھ رکھتا ہے۔

صابر : اب مَیں ہو گیا پورے دس ہزار سونے کے سکّوں کا مالک...!

اُسی وقت ایک نقاب پوش کمرے میں داخل ہوتا ہے...اور ایک موٹی لکڑی سے صابر کے سر پر وار کرتا ہے...حملے کی چوٹ سے صابر فرش پر گِر کر بے ہوش ہو جاتا ہے...

کھُلی ہوئی تجوری کے قریب جا کر نقاب پوش آدمی قہقہہ لگاتا ہے...

نقاب پوش : ہاہاہا...اب اِن دس ہزار سونے کے سکّوں کا مالک مَیں ہوں...!

نقاب پوش تمام تھیلیاں تجوری سے نِکال لیتا ہے...

تیسرا منظر

صبح کا وقت...شہنشاہ اکبر اپنے حجرے میں بیٹھا گلاب کا پھول سونگھتے ہوئے کچھ سوچ رہا ہے...

اُسی وقت ملکہ گھبرائی ہوئی وہاں آتی ہے...

ملکہ : غضب ہوگیا شہنشاہ...شادی کی سالگرہ پر کل رات آپ نے جو نولکھا ہار مجھے تحفہ میں دیا تھا...وہ اپنی جگہ پر نہیں ہے...!

اکبر : (چونک کر) کیا...؟ یہ آپ کیا کہہ رہی ہیں ملکہ...؟ شاید آپ نے کہیں اور رکھ دیا ہوگا...؟

ملکہ : نہیں شہنشاہ...مَیں نے اپنی خواب گاہ کی ہر جگہ دیکھ لی...ہار کہیں نہیں ہے...لگتا ہے چوری ہوگیا...!

اکبر : (تشویش سے) چوری ہوگیا...؟ یہ کیسے ہوسکتا ہے؟ آپ کی خواب گاہ میں جانے اور ہار چُرانے کی ہمّت بھلا کون کرسکتا ہے...؟

ملکہ : پتہ نہیں...مگر ایسا ہی ہوا ہے...

اُسی وقت ایک سپاہی آتا ہے

سپاہی : گُستاخی معاف...جہاں پناہ...

اکبر : کیا بات ہے...؟

سپاہی : وزیر صابر خان کے محل میں چوری ہوگئی...مِلنے کی اجازت چاہتے ہیں...

ملکہ اور اکبر چونکتے ہیں...

اکبر : اجازت ہے...

صابر خان غمزدہ شکل لیے سامنے آتا ہے...

صابر : سلام شہنشاہ...! مَیں تو لُٹ گیا... برباد ہوگیا...کل رات کسی نے مجھ پر جان لیوا حملہ کیا...اور میری زندگی بھر کی کمائی...دس ہزار سونے کے سکّے لُوٹ لیے!

اکبر : افسوس! معاملات سنگین ہیں...ایک ہی رات میں چوری کی دو وارداتیں...؟ وہ بھی شاہی محلات میں...؟

اکبر غصّے سے تالی بجاتا ہے...

ایک خادم اندر آتا ہے...

خادم : جی حضور...؟

اکبر : راجا بیربل کو پیغام دو کہ مابدولت نے اُنہیں فوراً طلب کیا ہے...

خادم سر جھکا کر واپس چلا جاتا ہے۔

چوتھا منظر

بیربل تیزی سے چلتا ہوا دیوانِ خاص میں آتا ہے...

بیربل : صبح بخیر...شہنشاہ!

اکبر : آج کی صبح...بخیر نہیں ہے بیربل!

بیربل : چشمِ بدُور...ایسی کیا بات ہے جہاں پناہ...؟

اکبر : کل رات ملکہ کا نولکھا ہار چوری ہو گیا...!

بیربل : (حیرت سے) کیا...؟ ملکہ کا ہار چوری ہو گیا...؟ ایسی جرأت، ایسی گُستاخی کی ہمّت اور حماقت بھلا کون کر سکتا ہے...؟

اکبر : یہی تو ما بدولت جاننا چاہتے ہیں... اِس کے علاوہ وزیر صابر خان کے محل سے بھی دس ہزار سونے کے سکّے چُرا لیے گئے...

بیربل : (بہت حیرت سے) کیا...؟ یہ تو نا قابلِ یقین ہے...'وزیر محل' میں تو پرندہ بھی پر نہیں مار سکتا...!

اکبر : شاید یہ پرندہ نہیں...اندر کا ہی کوئی بندہ ہے... پتہ لگاؤ بیربل، کہ وہ کون بیوقوف ہیں جنہیں ما بدولت کے جلال...اور چوری کی سخت سزا کا بھی ڈر نہیں لگا...

بیربل : جی ظلِّ الٰہی...مَیں ابھی کارروائی شروع کرتا ہوں...

بیربل ادب سے سر جھُکا کر چلا جاتا ہے۔

پانچواں منظر

بیربل غور و فکر میں ڈوبا محل سے باہر آتا ہے...

بیربل : (دِل ہی دِل میں) کچھ دِنوں پہلے قیمتی ہیرا غائب ہونے کا ایسا ہی معاملہ سامنے آیا تھا...تب مَیں نے جادوگری کا سہارا لیا تھا...شاید اِس بار بھی جادوگری کا نسخہ کام کر جائے...!

اُسی وقت دینو دھوبی اپنے گدھے پر کپڑوں کا ڈھیر لادے...وہاں سے گزرتا ہوا، بیربل کو سلام کرتا ہے...

دینودھوبی : سلام... بیربل جی...

بیربل : سلام دینو...

دینو کے گدھے کو دیکھ کر بیربل کے دماغ میں فوراً ایک ترکیب آجاتی ہے...

بیربل : دینو... کیا تم ایک دِن کے لیے اپنا گدھا مجھے کرایے پر دے سکتے ہو...؟

دینو : گدھا...؟ کرایے پر...؟

بیربل : ہاں... مَیں تمہیں سونے کا ایک سکّہ دوں گا...!

دینو : ایک دن کا کرایہ سونے کا ایک سکّہ...؟

بیربل : ہاں... یہ کم ہے کیا...؟

دینو : نہیں...! تب تو آپ مہینے بھر کے لیے میرا گدھا کرایے پر لے لیں...

بیربل ہنستا ہے...

چھٹا منظر

اکبر تختِ شاہی پر جلوہ افروز ہے...

دربار میں بیربل، اُمراء، وزراء، کچھ نورتن اور درباری موجود ہیں...

بیربل : بادشاہ سلامت! شاہی محلات میں چوریاں کرنے والے چور کو پکڑنے کے لیے ایک گدھے کو شاہی مہمان خانے میں لانے کی اجازت چاہتا ہوں...!

اکبر : (حیرت سے) گدھا...؟ ایک بے زبان جانور بھلا چور کو کیسے پکڑے گا؟

بیربل : یہ کوئی معمولی گدھا نہیں ہے جہاں پناہ... یہ ایک جادوئی گدھا ہے!

اکبر : (حیرت سے) جادوئی گدھا...؟

درباری ہنستے ہیں...

بیربل : جی ہاں... بادشاہ سلامت!

صابر خان : راجا بیربل کے کام نِرالے ہی ہوتے ہیں...

اکبر : ٹھیک ہے بیربل...

بیربل : شکریہ جہاں پناہ...اب مَیں اجازت چاہوں گا کہ محلات کے تمام امیر، وزیر اور خادم جادوئی گدھے کی دُم پکڑ کر صرف اتنا کہیں کہ ''مَیں نے چوری نہیں کی''...اور گدھا اصلی چور کو پہچان لے گا...

اکبر : عجیب بات ہے بیربل...مگر...اجازت ہے...

بیربل : (آواز لگاتا ہے) دینو دھوبی حاضر ہو...!

دینو دھوبی ہاتھ جوڑے دربار میں آتا ہے...

شہنشاہ کو سلام کرتا ہے...

بیربل : دینو...تم اپنے جادوئی گدھے کو شاہی مہمان خانے میں لے آؤ...

دینو : جو حکم حضور...

دینو واپس جاتا ہے...

ساتواں منظر

تمام امیر، وزیر اور خادم شاہی مہمان خانے میں موجود ہیں...

دینو دھوبی اپنے گدھے کے ساتھ شاہی مہمان خانے میں آتا ہے...

اور بیربل کے اشارے پر گدھے کو ایک کمرے میں لے جاتا ہے...

بیربل، امیر، وزیر اور خادموں سے کہتا ہے...

بیربل : اب آپ ایک ایک کر کے اُس کمرے میں جائیں...اور گدھے کی دُم پکڑ کر کہیں...کہ ''مَیں نے چوری نہیں کی...!''

سب 'ہاں' میں سر ہلاتے ہیں...

سب سے پہلے وزیر صابر خان کمرے میں جاتا ہے...

اور گدھے کی دُم پکڑ کر کہتا ہے...

صابر خان : مَیں نے چوری نہیں کی...

اُس کے بعد تمام حاضرین باری باری کمرے میں جاتے ہیں
اور گدھے کی دُم پکڑ کر دہراتے ہیں کہ "مَیں نے چوری نہیں کی..."

بیربل : اب مَیں آپ سب کے ہاتھ دیکھنا چاہوں گا...

بیربل ایک کے بعد ایک تمام لوگوں کے دونوں ہاتھوں کو غور سے دیکھتا جاتا ہے...اور سر ہِلاتا جاتا ہے...

آخر میں ایک وزیر کا ہاتھ دیکھ کر بیربل مسکراتا ہے...

آٹھواں منظر

اکبر تختِ شاہی پر جلوہ افروز ہے...

تمام امیر، وزیر اور خادموں کے ساتھ بیربل شاہی دربار میں واپس آتا ہے...

بیربل : جہاں پناہ...جیسی کہ مجھے اُمیّد تھی...جادوئی گدھے نے چور کو پہچان لیا ہے...

اکبر : (حیرت سے) کیا واقعی بیربل؟

بیربل : جی ہاں حضور...! محلات میں ہونے والی دونوں چوریوں کا مجرم ایک ہی شخص ہے...

اکبر : (غصّے سے) کون ہے وہ بے ایمان...گستاخ...؟

بیربل : وہ گُستاخ چور یہ ہے...!

بیربل، ایک وزیر جابر خان کی طرف اشارہ کرتا ہے...

جابر خان کا بھائی صابر خان حیران رہ جاتا ہے...

صابر خان : (بہت حیرت سے) جابر...؟ تم...؟ مجھے تم سے ایسی امیّد نہیں تھی...

جابر خان روتے ہوئے اکبر سے کہتا ہے...

جابر خان : یہ جھوٹ ہے جہاں پناہ... الزام ہے... مَیں نے چوری نہیں کی...

بیربل : (ہنس کر) اگر یہی بات تم نے گدھے کی دُم پکڑ کر کہی ہوتی... تو شاید گدھے کا جادو تم پر نہیں چلتا جابر خان... مگر تم نے تو گدھے کی دُم پکڑی ہی نہیں... اور خود پکڑے گئے...!

اکبر اور سب درباری حیرانی سے جابر خان کو دیکھتے ہیں...

بیربل : اپنے دونوں ہاتھ شہنشاہ کو دِکھاؤ جابر خان...!

جابر اپنے دونوں ہاتھ اکبر کے سامنے کرتا ہے...

اُس کے ہاتھ بالکل صاف ہیں...

بیربل : جہاں پناہ... دراصل دینو کا گدھا جادوئی نہیں ہے... جادو تو یہ تھا کہ مَیں نے گدھے کی دُم میں ہلکا سا کالا، کچّا رنگ لگا دیا تھا... جن لوگوں نے گدھے کی دُم پکڑی تھی... اُن سبھی کے ہاتھوں پر کالا رنگ لگ گیا... بس پکڑے جانے کے ڈر سے اِس جابر خان نے گدھے کی دُم نہیں پکڑی... کیونکہ چوری تو اِسی نے کی تھی...!

اکبر : (غصّے سے) تمہارا جُرم ثابت ہو گیا جابر... تم سخت سزا کے حقدار ہو... مگر تم نے ایسی بیوقوفی کیوں کی...؟ تمہیں بھلا دولت کی کیا کمی؟

جابر : (روتے ہوئے) میرے پاس جتنی بھی دولت ہے... وہ میرے بھائی صابر خان کی دولت سے کم ہے... یہ دِن رات بچت کر کے اپنی دولت بڑھاتا ہی جا رہا تھا... مَیں اُس سے زیادہ دولت حاصل کر کے اُسے نیچا دِکھانا چاہتا تھا...

اکبر : (غصّے سے) تم نے صرف ملکہ کا ہار چُرانے کی گُستاخی نہیں کی... بلکہ دولت کے لالچ میں اپنے بھائی پر جان لیوا حملہ کرنے کا گناہ کیا ہے...

سپاہیو! لے جاؤ اِس گناہ گار کو... اور قید کر دو زندگی بھر کے لیے!

سپاہی، جابر خان کو پکڑ کر لے جاتے ہیں...

اکبر : تم انعام کے حقدار ہو بیربل... آج ایک بار پھر تم نے اپنی عقلمندی اور حاضر دِماغی سے ایک مسئلہ چُٹکیوں میں حل کر دیا...

بیربل : انعام کا حقدار تو وہ گدھا... میرا مطلب، دینو دھوبی ہے... جس کے جادوئی گدھے نے ہماری مشکل آسان کی...

اکبر : (ہنس کر) جادوئی گدھے کو... ہمارا مطلب، دینو کو سونے کے ایک سو سکّے انعام میں دیئے جائیں...!

دینو دھوبی دانت نکال کر ہنستا ہے اور جھک کر شہنشاہ کو سلام کرتا ہے...

بیربل : اور میرا کیا جہاں پناہ...؟ مجھے تو دینو کو گدھے کا کرایہ... سونے کا ایک سکّہ بھی دینا ہے...

اکبر : گدھے کا کرایہ ہم ادا کر دیں گے... بیربل...!

سب درباری ہنستے ہیں...